·漫漫诗词情系列·

苏轼

一点浩然气，千里快哉风

专供版

桃花潭水／著

【北宋】李公麟◎插图

哈尔滨出版社
HARBIN PUBLISHING HOUSE

图书在版编目（CIP）数据

苏轼：一点浩然气，千里快哉风 / 桃花潭水著. —
哈尔滨：哈尔滨出版社，2017.6
（漫漫诗词情：专供版）
ISBN 978-7-5484-3417-7

Ⅰ. ①苏… Ⅱ. ①桃… Ⅲ. ①苏轼（1036–1101）–
宋词 – 诗歌欣赏 Ⅳ. ①I207.23

中国版本图书馆CIP数据核字（2017）第098655号

书　　名：苏轼：一点浩然气，千里快哉风

作　　者：桃花潭水　著
责任编辑：李金秋　滕　达
责任审校：李　战
装帧设计：上尚装帧设计

出版发行：哈尔滨出版社（Harbin Publishing House）
社　　址：哈尔滨市松北区世坤路738号9号楼　　邮编：150028
经　　销：全国新华书店
印　　刷：哈尔滨报达人印务有限公司
网　　址：www.hrbcbs.com　　www.mifengniao.com
E-mail：hrbcbs@yeah.net
编辑版权热线：（0451）87900271　87900272
销售热线：（0451）87900202　87900203
邮购热线：4006900345（0451）87900345　87900256

开　　本：787mm × 1092mm　1/16　印张：14.5　字数：189千字
版　　次：2017年6月第1版
印　　次：2018年8月第2次印刷
书　　号：ISBN 978-7-5484-3417-7
定　　价：36.80元

序 言

人，紧握双手而来，摊开双手而去；在自己的哭声中来，在别人的泪水中去。这样一想，似乎人这匆匆的一生不过如混沌的过眼云烟，品出的只是一丝悲凉。然而，我更欣赏东坡以“人生如梦”来作比。人生如梦，只有醒来的人，方可真正看透世间百态，活出自由的灵魂。

最富有智慧的东坡，是清醒的。他的一生在波澜诡谲的宦海中浮浮沉沉，“问汝平生功业，黄州惠州儋州”，然而，对他来说，一花凋零，荒芜不了整个春天丝毫。他那文思如泉涌的才情，每每喷涌而出，挥动如椽之笔，如同儿戏一般轻松自如，令人拍案称奇。天马行空的思想，随遇而安的心态，无论怎样的忧患来临，他总能一笑置之，安之若素；每有得于心，把酒临风，绝妙诗文倚马可待。

我总觉得东坡像一个丰富多彩的万花筒一般美妙。这个多才多艺的天才，他的处世态度又是那样潇洒自如，让后人望尘莫及，“我们未尝不可说，苏东坡是秉性难改的乐天派，是悲天悯人的道德家，是黎民百姓的好朋友，是散文作家，是新派的画家，是伟大的书法家，是酿酒的实验者……是心肠慈悲的法官，是政治上的坚持己见者，是月下的漫步者，是诗人，是生性诙谐爱开玩笑的人。”

可是，这些都还远不足以勾勒出东坡的全貌。他的内心实在太广阔了，辽远得像天空，一望无际，深邃得如大海，无法见底。

有着天真烂漫的赤子之心的东坡，内心又是那样悲天悯人。正如他曾对弟弟子由说的："吾上可陪玉皇大帝，下可陪卑田院乞儿。眼前见天下无一个不好人。"他行在漫漫人生路上，爱在左，同情在右，随时撒种，随时开花，将这本是平淡的旅程，点缀得花香四溢。即便在大雨的"穿林打叶声"中，也波澜不惊地"吟啸且徐行"，穿枝拂叶，踏着荆棘，虽也有痛苦，有泪可落，却不悲凉。

所以，东坡总有办法过得快乐，无所畏惧，像一阵清风度过了一生，干净磊落，潇洒痛快。悲观的人，总是先被自己打败，然后才被生活打败；乐观的人，先战胜自己，然后战胜生活。悲观的人，所受的痛苦有限，前途也有限；乐观的人，所受的苦难无量，前途也无量。东坡充满智慧的眼睛早已看到，真正的人生，总是有他所始料不及的事情在前方等待着，与其逃避，不如从容应对。东坡，因为乐观，所以卓越。

如果说人生如戏，可是最聪明的伶人对于下一幕的剧情发展，也常常是茫然无知。生命，只有最最清醒的人，才庶乎可以抽离出来，放松身心，以游戏者的态度欣赏。

从东坡的笔端，我听到了人类情感之弦的振动，有喜悦，有怀恋，有意气风发，有落寞惆怅，有烟雨任平生的疏朗，也有倚杖听江声的孤独。

东坡，真正的智慧之子，虽然无法决定自己生命的长度，可是他以精彩的人生与旷世的才情，无限地拓展了一位诗人生命的宽度。在夜色中的赤壁，在黄泥坂的小径，在千里快哉风的海面，在山头斜照的背影中，他且行且吟。

听，他来了。

目录

目录

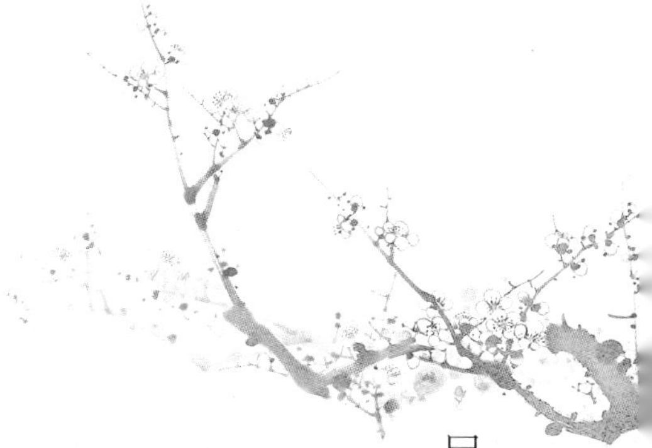

目录

第一章

天易见，见君难

且将新火试新茶，诗酒趁年华

在世间参差百态的情感中，“烦恼”会造访每个人的生活，它会易容成不同的样子，比如情伤，比如离愁，比如生老病死，比如仕途多舛。面对那些苦难与纠结，最好的办法莫过两种，一种是敢爱亦敢恨，一种是超然物外。年轻时，人们大多会选择前者，将日子过成一首抑扬顿挫的激情诗歌。而随着心境的慢慢平和，人们也会向往做好后者。就像穿遍了绫罗绸缎才发现，只有棉的质地使人最舒服。

有一个人，他的诗词最适合在微凉的季节捧起，再沏一壶淡茶放在手边，袅袅绕绕的香气，撩起心底的诗意。不过于浓烈，却也足以吹皱一池春水。

故事，就从那长江说起吧。

乘着小舟，沿长江逆流而上，经过汉口，过了那著名的三峡，拨开重重浓雾，一个神奇秀美的省份展现在我们的眼前，它便是那“天府之国”——四川。沿江而上，在它的西部，是雄伟高耸的峨眉山。就沿着这神秘的峨眉山再往北走，有一户人家，后来，它因“一门父子三词客，千古文章四大家”而为人称誉，这便是苏家。而我们要寻找的，便是主人公——苏东坡的故事。

犹豫了很久，并不知道该如何下笔。因为以东坡的旷世才华，以东坡的高尚人格，我只怕自己稍一闪失，便亵渎了笔下这一传奇般的人物。

说东坡为传奇，毫不夸张。林语堂先生曾经总结过东坡的一生，说他既当过“高考状元”，又有过偶像崇拜；既喜爱西湖的美景，又不忘河豚的鲜美；既写诗填词作文章，又挥汗弯腰种过田；既荒唐地向神求雨，又严肃地兴修水利；既对亡妻一往情深，又对歌女百般爱怜；既深夜醉酒，又早起灭蝗；既对命运有所抱怨，又对人生充满感激……看他一路走过，犹如欣赏绝美的画卷，倾听起伏的乐章……

这样一个“全才”似的人物，即使在今天也极少见。当一个人的身上有一处闪光点，让众人敬仰不已时，他便已经不枉此生。然而，当他的一生都被聚焦在闪光灯下，不论“一日看尽长安花”的得意，还是“蜡炬成灰泪始干”的失落，都被后人寻求、揣摩与回味。

东坡的这本大书，实在是丰富得包罗万象。

丰富得千百年来有多少墨客骚人，愿意倾自己的一生来为他作注，在自己老的那一刻，可以欣慰地想，这一生，在为那样一个旷世才子细批流年。

而东坡的整个人生，也是一幅波澜壮阔的精彩画卷。从最初展开的那一刹那，便已经注定了此生的不凡。据传，东坡出生的前一夜，附近彭老山上的花草树木一夜枯死。

虽然这很有可能是对东坡充满好感的人们，口口相传的一段充满了美好想象的传言，不足为信，不过，这至少可以说明东坡的魅力实在太大了。

在眉山苏家的老宅子里，一间屋子墙的正中，挂着一张仙人画像，画的是八仙中的张果老。苏家在当地算得上是一个小康之家，不仅有自己的土地，还有用人可用。

父亲苏洵给他起名为“轼”，当他有了一个弟弟之后，父亲把弟弟唤作“辙”。

这两个字，是颇有一番讲究的。苏洵后来曾写过一篇叫作《名二子说》的文章，专门向外人讲起儿子们名字的含义：

> 轮、辐、盖、轸，皆有职乎车，而轼，独若无所为者。虽然，去轼，则吾未见其为完车也。轼乎，吾惧汝之不外饰也。

天下之车莫不由辙，而言车之功者，辙不与焉。虽然，车仆马毙，而患亦不及辙，是辙者，善处乎祸福之间也。辙乎，吾知免矣。

名字往往寄托着父母对孩子无限美好的祝愿。他们在孩子出生时，甚至还没有来到这个世界上时，便在绞尽脑汁地去琢磨，怎样才能在那么两三个字中包含他们所有的祝福。

东坡的父亲苏洵也是一样。他希望这个长子将来要好好地做出一番成就，即便不与他人争什么，至少，踏踏实实地自己做好人，走好前方漫长的人生道路。

人生最念少年时，东坡在那花蕾一样的少年时代，不会想到自己的未来会有那么多的风浪在等着他，前方，外面的大千世界，对于小小的东坡，是那么新鲜而陌生。

那时，谁也不知道，北宋的文学，最终会因他的存在而大放异彩。

无忧无虑的日子总是过得最快，童年结束了，取而代之的，是真正的漫漫人生路。

多年后，东坡于烟雨暮春登超然台，吟唱一句 “且将新火试新茶，诗酒趁年华”。词间有淡淡的惆怅，更多的是一股卓立于人间的超然。究竟是什么，让他把生活参悟得如此透彻?

那么，我们这些过路人，不妨坐下来，生一炉心火，萃取醉人的茶香，再取些灵魂的甘露，酿成酒，一边品读东坡的诗词人生，一边把自己平凡的日子，过成嘉年华。

对床夜雨听萧瑟

若提到优雅的思念，你会想起谁呢？是那“当时明月在，曾照彩云归”的初恋情人，“海上生明月，天涯共此时”的远方亲人，还是“十年生死两茫茫，不思量，自难忘”的结发妻子？或许，这些感觉，在你的生命里都曾经出现过，你为它们欢乐过，为它们痴狂过，为它们哭泣过。

元好问的那一句词道出了多少人的心声：“问世间，情为何物，直教生死相许。”

其实，还有一种优雅的思念。

那思念，不是缠绵悱恻，不是纠结无度。

那思念，里面有着永远自然的感情，纯洁无瑕，又历久弥新。

那思念，是永远有人在背后默默地为你付出，默默地为你祝福。

那思念，它不需要什么海誓山盟，不需要什么与子偕老。

那思念，它有一个很温馨的名字，叫作：手足情。

> 清颍东流，愁目断、孤帆明灭。宦游处、青山白浪，万重千叠。
> 孤负当年林下意，对床夜雨听萧瑟。恨此生、长向别离中，添华发。
> 一尊酒，黄河侧。无限事，从头说。相看恍如昨，许多年月。
> 衣上旧痕馀苦泪，眉间喜气添黄色。便与君、池上觅残春，花如雪。

初次读到东坡的这首词时，并没有留意它的名字。被它吸引的，是“对床夜雨听萧瑟”一句。本来，夜雨是最容易让人惆怅的。然而，那一夜雨静谧中的沙沙声，让人听起来是那样的清爽、那样的惬意，心有灵犀的沟通不需要什么刻意思考，不需要字斟句酌地费尽心思考虑怎样表达，一切的一切，是如此的自然随和。

这情景，很容易让人想起李商隐那缠绵的“何当共剪西窗烛，却话巴山夜雨时”的诗句。然而，东坡的这首《满江红·怀子由作》，所忆的却不是爱人之间的呢喃，而是“怀子由作”——兄弟间的秉烛夜谈。

或许是上帝怕人类自己在这个世界上孤单寂寞，所以，给了他们骨肉兄弟。

记得小时候曾经看过一部电影，也是一部感人泪下的片子，就叫作《手足情》。

泽、聪和妹妹的父母在十五年前被人杀害，这对三个小孩子来说，几乎意味着天已塌下来。

从此， 在这茫茫人海里，哪里还会有人在夜晚为他们点亮一盏明灯，在床头慈祥地讲起那森林中美丽的童话故事，哪里还会有周末和父母开开心心地去郊游、踏青，无拘无束地在他们的怀里撒娇的快乐？

哥哥泽似乎一夜间长大了，他那双曾经干净清澈的眸子，一夜间，变得沉重而忧郁。

为了让弟弟妹妹能够健康地成长，泽，这个过早成熟懂事起来的大男孩，忍痛将他们送到了别人家里。

三兄妹从此分离，分别之际，三个小孩子抱头痛哭。

转眼间，十二年就过去了。已在国外留学毕业的聪回到香港，开始了他寻找失散的哥哥泽、妹妹青的路程。还好，妹妹很快就被找到了，可是，哥哥泽却一直没有音讯。

原来，当年泽在弟弟妹妹离开后，自己也逃离了孤儿院，辗转多年，吃尽了苦。

造化弄人之外，上天也给人以戏剧性的生活情节。终于有一天，兄妹三人再次相见，相认。

经历了纠结、痛苦、危难，团聚后的他们发誓，再不分开，一起在生活的路上肩并肩地走下去。

影片感人至深，可是我叙述起来，实在无力，深深留在心中的，是一份感动。

就在这璀璨的中国文学史上，有这样一对兄弟，他们的手足情成了一段流传千古的佳话。

这一段佳话，和两个旷世才子有关。其中的一个，后来人们亲切地唤他作：苏东坡，另一个，是在诸多名篇中出现的子由。

在眉山的苏家，和东坡一起长大、读书，而且将来也与他关系最密切的，就是他弟弟苏辙了。

这里，是他们儿时一起嬉戏玩耍的故乡，也是他们初读诗书，渐渐地认识这个世界的地方。

我常常在想，人的一生中，除了爱情，恐怕最深的要数手足情谊。这个人，他几乎了解你的所有，无论你的快乐还是忧伤，无论你的过去还是未来。

在你的童年，这个人和你一起玩耍，雨天里，你们一起趁大人不注意，跑到外面去踩泥巴。在学校犯了错误，回来互相帮忙瞒着。长大了一些，心里有了默默喜欢的人，小心翼翼地装在内心深处，唯一可说的，可能就是你的这位小兄弟，或者小姐妹。当有一天你走向成年，在风风雨雨的人生路上相互扶持的，终其一生还是他。

在忧伤时，两个人可以互相慰藉；在患难时，兄弟之间还可以互相扶助。有这样一位兄弟在东坡的人生里，真是他的一大幸事。

即便在成人之后，兄弟两人不得不分开，有时相隔几城，有时相隔天涯，可是无论身在哪里，总会心心相印。“海内存知己，天涯若比邻”，确实是一句颇给人带来安慰的诗句。

离别之后的兄弟，彼此还会相会于梦寐之间，写诗互相寄赠以通音信。甚至在中国这样的伦理道德之邦，兄弟间似此友爱之美，也是绝不寻常的。子由生来的气质是恬静冷淡，稳健而实际，在官场上竟比兄长得意，官位更高。二人有关政治的意见相同，宦海浮沉的荣枯相同，子由冷静而机敏，每向兄长忠言规劝，兄长颇为受益。

当少年时在眉州的他们，共同在家读书时，东坡对弟弟来说不但是同学，而且是良师。后来，他在写的一首诗里说："我少知子由，天资和而清……岂独为吾弟，要是贤友生……"

子由也在兄长的墓志铭上写道："我初从公，赖以有知。抚我则兄，诲我则师。"

在被调遣到一个又一个偏远的小城时，东坡想着，要怎样绕道去见见子由；在那场著名的"乌台诗案"牵动朝野上下的时候，东坡在狱中写信寄子由："与君世世为兄弟，更结来生未了因。"

就在之后东坡经历了人生的风风雨雨，宦海浮沉，一度被流放的时候，走到天涯海角，他仍然念念不忘的，永远是子由。

如果说，有井水处，皆有柳三变的词，那么对于苏东坡来讲，他所到之处，便有怀念弟弟子由的词。

血浓于水，当经历了人生的沧海桑田，你是否还记得那个骨肉同胞？

我常常羡慕那些在这个时代里还有着一脉相承的兄弟姐妹的朋友，羡慕他们那与生俱来的亲情。无论富贵贫穷健康患难，都会一生与他们一同快乐忧伤，有分担，有共享。

"一尊酒，黄河侧。无限事，从头说。相看恍如昨，许多年月。"这词句，似曾相识。东坡怀子由，耳边回荡的韵律有种强烈的贴近感，让我一下子不由自主地进入词里莫名的寂寥中。舒缓的节奏中规中矩，悦耳，却也寻常。

其实，人人皆可见的寻常，最是幸福感情之一。

惊涛拍岸，卷起千堆雪

近来常看到有人写东西用《百年孤独》开篇似的叙述："许多年之后，面对行刑队，布恩迪亚上校将会回想起，他父亲带他去见识冰块的那个遥远的下午。"不知道为什么，每次读到《念奴娇·赤壁怀古》时，我所联想到的周郎形象，竟是年轻时的东坡，那"谈笑间，樯橹灰飞烟灭"的自信潇洒，那"羽扇纶巾"的雄姿英发，这些不能不让我去猜测东坡笔下的周郎，是他的"夫子自道"。许多年之后，东坡面对滔滔的江水作这首词时，是否也会想起，他父亲带他第一次离开家乡，出江陵，踏上去京城的路，初次在北宋的文坛上崭露头角便出手不凡的那个春风得意的季节？

"朝辞白帝彩云间，千里江陵一日还"。在李白的笔下，那江陵天堑一样的风景让人充满了遐想。两岸巍峨高耸的山峰，浪奔浪流的江水，还有总是雾气弥漫的江面，让人读来便觉得仿佛置身仙境一般。

或许那蓬莱仙山，也不过如此吧。

东坡的成长环境是其乐融融的，毕竟，家族还是蛮兴旺——至少在当地来说。所以，在少年时代他便受到了很好的教育，加上小东坡天资聪颖，读起书来颇会举一反三，很是得长辈和小朋友的喜爱。

待东坡和子由都长到二十多岁的时候，父亲便有了更深一步的考虑，他深知儿子们的才华，尤其是长子苏轼的满腹才学，如果就这样一直留在家乡，未免太可惜。他本是一鸿鹄，怎能如那些燕雀一般，就这样安安静静地老死于屋檐下呢？

如果有合适的机会一展身手，苏轼——我的儿子，一定是国家的栋梁之才，苏洵这样告诉自己。

知子莫若父，东坡的才高八斗，很快便得到了证实。只是当时的苏洵，或许没有想到，儿子的成就竟会在中国的历史上如此光辉灿烂。

孩子成长得如何，成为怎样一个人，是父母至为看作宝贵的。当他们小时候哪怕取得一点点的成绩时，父母往往也会高兴得合不拢嘴。孩子是父母的骄傲，对于他们要完成光耀门楣的家族使命，父母也是满眼的期待。他们相信，自己的结晶一定会比自己更加优秀，他们的生活，可以更加美满。

苏洵决定，带儿子们走出这一片大山，到广阔的外面让他们见识一下这精彩的大千世界。

就这样，宋仁宗嘉祐五年（1060年），苏氏父子从家到了江陵。就在从家去往京城的这一路上，兄弟两人看着那大江两岸的风景，惊喜不已，才情大发，就在这途中，竟然已经作了百余首诗歌。这些诗歌后来被收录在《南行集》中。苏东坡认为自己写得最好的几首，还是在陆地上的行程中写的。那几首诗特别注重音韵、情调、气氛，节奏美妙得不得了，不但如此，形式也富于变化，比如说这首《上堵吟》：

台上有客吟秋风，悲声萧散飘入空。
台边游女来窃听，欲学声同意不同。
君悲竟何事，千里金城两稚子。
白马为塞凤为关，山川无人空自闲。
我悲亦何苦，江水冬更深，
鲂鱼冷难捕。悠悠江上听歌人，
不知我意徒悲辛。

这位“悠悠江上听歌人”，将一切听于耳，看于眼，记于心。我记得小时候常听老人们讲，小孩子“三岁看大，七岁看老”，或许有一定的道理。一个人年轻时——甚至年少时所作所行，往往已是人生后来旅程的伏笔。

东坡说的没错，“不知我意徒悲辛”，他这一生对于人世间的隐忧，少有人懂。人们看到的或是他的豪放，或是他的思恋，殊不知，最温柔的男人像海洋，他对人间疾苦的认知，比常人更深刻。因为深刻，也就更多了份深沉的悲声。

即便这时的东坡，正值“雄姿英发，羽扇纶巾”的风华正茂，前面的那一句“大江东去”，恐怕是他这一生最好的写照。有“多情应笑我，早生华发”的自嘲，有“人间如梦，一尊还酹江月”的感慨。这一时期，东坡即将在“乱石穿空”的北宋文坛上，“惊涛拍岸，卷起千堆雪”。

出了江陵，他们下了船开始从陆路继续前行，奔向京城。

东坡他们在二月平安地到了京城。在京城，他们买了一幢房子，环境很不错。附近有花园，约有半亩大小。更大的优越性在于这房子离繁华的街道并不近，所以还是很幽静，和四川的宅子在这一点上倒有点相似。这房子的周围种着高大的老树，看样子也有些年头了，那整幢房子周围朴实无华的雅意，很吸引东坡。

这一天东坡问子由：“你喜欢这里吗？”

子由说：“蛮喜欢的，不过我不知道自己会不会留在这里呢，只想有一个安定的居所，可以不用到处颠簸。”

年轻的东坡笑话弟弟说：“好男儿志在四方，怎么能甘愿安居一隅呢？我的理想就是走遍这神州的山山水水，我要不枉这一遭人世间的行程。”

走遍这神州的山山水水，这句话，在东坡后来的日子里，仿佛不是一种美好的向往，倒成了一句谶语。

在某篇文章中看到，海子死时身边带着四本书，其中之一就是《瓦尔登湖》。于是再次想起海子那著名的诗句，里面依稀有《瓦尔登湖》的影子：

“从明天起，做一个幸福的人/喂马，劈柴，周游世界/从明天起，关心粮食和蔬菜/我有一所房子，面朝大海，春暖花开……”

这是海子向往的简单生活，他还用了更多的诗句来描述这种生活：

“村庄，在五谷丰登的村庄，我安顿下来/我顺手摸到的东西越少越好/珍惜黄昏的村庄/珍惜雨水的村庄……”

“今夜青稞只属于他自己/一切都在生长/今夜我只有美丽的戈壁空空/姐姐，今夜我不关心人类，我只想你”。

有诗人说：人说话，应该避谶。

但是平凡如我辈者，怎么会明白，有的时候，期待和谶语，是可以相互转化的。

东坡希望自己走遍山河，他日后也果然做到了，“问汝平生功业，黄州惠州儋州”。只是，这不是游玩性质的旅游，而是一贬再贬的身不由己。

现在，当东坡他们把眼前这一切都安顿好之后，父子三人便恭候朝廷的任命，这期间等了很久。就在这段时间里，东坡和子由又参加了两次考试，一次是考京都部务，另外一次更为重要，是“制科”，要求考生坦白批评朝政。这个考试与其他考试相比，很是特殊，因为它考试时间不定，录取极难，由皇帝亲自出题，亲自面试，这是朝廷选拔特殊人才的一种非常规考试。如果说和今天的什么相似，或者可以牵强一点儿说是“新概念作文大赛”之类的吧。

这类考试一旦被录取，仕途的起点则会高于其他人不知多少，而且，一切的回报都很丰厚。

风光毕竟是人人都想得到而人人都难得到的。据说，在两宋三百多年的时间里，得以名列进士的有四万多人，但是“制科”开了二十二次，入等者只有四十一人，也就是说，平均每次不到两人……

但这一次和东坡一起参加考试的，却有二十多个人。这样的考试往往都是需要推荐人的，东坡的推荐人，是欧阳修。欧阳修自从看过了东坡写的文章，对东坡是器重有加，他曾在《举苏轼应制科状》中说道：“臣今保举，堪应材识兼茂明于体用科。欲望圣慈诏付有司，试其所对。如有谬举，臣甘伏朝典。”可见东坡的才华在欧阳修的眼中，是如何光芒四射。

韩愈曾经在《马说》中写道：“千里马常有，而伯乐不常有。”是的，伯乐确实少见，尤其是发现未来文坛领袖的伯乐。但是，当伯乐出现，并相中千里马的那一瞬间，精彩的剧情，也就拉开了帷幕。

这一次的考试，最后录取了四个人，苏东坡因为“文义灿然”被选入了制科考试的三等。这个三等，并不是我们今天所讲的概念。宋代的制科选士，一共分为五等，一二等几乎从来都是空缺，下面的又分为三等、三次等、四等以及四等以下的第五等。所以，东坡的这个第三等也可以说是第一等。这是一个“状元”性质的荣誉。

发榜后的仁宗皇帝，曾经兴奋地对高皇后说：“朕今日为子孙找到了两个优秀的宰相之才！”这一句话，高皇后牢牢地记在了心里。这也是为什么后来东坡的一生坎坷流离，而高皇后却一直默默支持着他，使他不至于陷入绝境。

苏氏父子在文坛的名声如日中天，这个时候，东坡才二十有余。

张爱玲说：出名要趁早。

也有人说：年少出名会成为天才未来的障碍。

前者用在东坡身上，或许更适用一些。这时的他，正是青年才俊，壮志凌云，才华横溢得挡不住，才气纵横到不可抑制。东坡，现在的你或许不知道，你这“惊涛拍岸，卷起千堆雪”似的出现，好像一匹骏马奋蹄长嘶一声，将打破宋代文坛一片莺莺燕燕的浅吟低唱。

东坡，当你后来在赤壁吟起“多情应笑我，早生华发。人生如梦，一尊还酹江月”的时候，想到当年自己周郎般的意气风发，当是心中无限惆怅吧？

但愿人长久，千里共婵娟

有一位诗人，在重阳节那一天登上酒楼，伤感地写下这样一首诗："独在异乡为异客，每逢佳节倍思亲。遥知兄弟登高处，遍插茱萸少一人。"

本就是应该和亲人团聚的传统佳节，然而，那时的你已经不在身边了。

或者说，是我自己在渐行渐远。

古时文人最感伤的事情是离别，那是他们执笔泼墨的永恒主题。其实，也只有他们懂得离别的真正滋味。在今天，比离别更伤透人心的，是形影不离，却灵魂相背。

足迹踏遍大江南北的东坡对离别并不陌生，"人有悲欢离合，月有阴晴圆缺，此事古难全"，这是他的感悟，他懂得，人越多情，就越怕离别。

东坡和子由在成年以后第一次分离是1061年朝廷任命他为大理评事、凤翔府判官时。两人从小便时时在一起，从未分开过，这一走，不知道什么时候能再相见。东坡心中难过，子由更是一样。离别的日子到了，这一天，子由为兄嫂送行，慢慢地，车马向前方吱吱呀呀地挪着，路上，兄弟两人互相嘱咐着，要照顾好自己，不要遇到什么人都说话太直接。说着说着，两人都沉默了，此刻有千言万语，却无法说出口。

在今天的毕业生晚会上，有一首常被唱起的歌，叫作《祝你一路顺风》，一句"当拥挤的月台挤痛送别的人们，却挤不掉我深深的离愁"，道出千万学子的心。宋代的送别，当然还没有月台的概念，但那一步一步的惜别与不舍，却有了别样的感伤。子由慢慢地低头走着，直到把哥哥送到离开封四十里外的郑州地方，才犹犹豫豫地转头回去。

东坡望着弟弟在雪地上骑瘦马而返，渐行渐远，直到后来再不能望见那朦胧的背影，才赶路前进。他寄给弟弟的第一首诗是：

不饮胡为醉兀兀，此心已逐归鞍发。归人犹自念庭闱，今我何以慰寂寞。
登高回首坡垅隔，惟见乌帽出复没。苦寒念尔衣裘薄，独骑瘦马踏残月。
路人行歌居人乐，僮仆怪我苦凄恻。亦知人生要有别，但恐岁月去飘忽。
寒灯相对记畴昔，夜雨何时听萧瑟。君知此意不可忘，慎勿苦爱高官职。

从子由所在的京都到东坡所在的凤翔往来的函件，要走十天才到。离别之后，兄弟二人经常每月互寄诗一首。从那些诗函中，我们可以看到，初登宦途时，东坡是多么心神不安。东坡和子由就这样，互相写诗唱和。或许你还记得东坡那首著名的象征性的诗歌《和子由渑池怀旧》：

人生到处知何似，应似飞鸿踏雪泥。泥上偶然留指爪，鸿飞那复计东西。
老僧已死成新塔，坏壁无由见旧题。往日崎岖还记否，路长人困蹇驴嘶。

这首诗成了东坡的又一佳作。这里的“飞鸿”一词是人心灵的象征，或许说得更具体，是东坡自己的感受更恰当吧。

一不小心，东坡后来这一生的命运也应了这诗中的诗句：鸿飞那复计东西。

还是那句话，愿望、哲理和宿命，往往这其中的奥秘很令人费解。

兄弟情深，一直是后人对苏东坡和弟弟子由的一个评价。苏轼与苏辙兄弟之间的感情，已经成了后来人说起骨肉亲情、一奶同胞时的一个经典故事。东坡作诗词文章，往往作出的最好作品，大都与子由有关。东坡于熙宁七年（1074年）七月在由杭州移守密州的早行途中，心中思念子由，还曾写过一首词：

孤馆灯青，野店鸡号，旅枕梦残。渐月华收练，晨霜耿耿，云山摛锦，朝露漙漙。世路无穷，劳生有限，似此区区长鲜欢。微吟罢，凭征鞍无语，往事千端。

当时共客长安。似二陆初来俱少年。有笔头千字，胸中万卷，致君尧舜，此事何难。用舍由时，行藏在我，袖手何妨闲处看。身长健，但优游卒岁，且斗尊前。

东坡那郁郁难眠，对人生遭遇的灾祸和壮志难酬的苦闷，毫无保留地在弟弟这里一吐为快。

乡野田间，一个孤零零的小旅店里，一盏油灯寂寞地燃烧着，安安静静。东坡躺在床上辗转反侧，一直失眠，天快亮了，他还是没有睡着。不一会儿，小店里的鸡叫打破了这沉闷的空气。

渐渐地，月光也淡出天际，早晨的霜气笼罩着大地，远处的群山在雾气中忽隐忽现。

每天在这世上忙忙碌碌地生活，人活得真是很累。

每每人在劳苦困顿的时候，最需要的，就是那思念的人能够给自己带来一份安慰，哪怕，只是"歇歇吧"这简简单单的三个字。

眼前这清晨的一片清新的乡间景色固然美好，可是，为了早日与弟弟对床夜话，畅叙别情，对眼前的一切，东坡已无心欣赏。

以东坡的才华，"有笔头千字，胸中万卷，致君尧舜"自然应该不是什么难事。然而"行藏在我，袖手何妨闲处看。身长健，但优游卒岁，且斗尊前"，可见，东坡还是有一定的自我排遣能力的。不，不仅仅是有这能力，我一直相信，东坡有着一颗强大的内心，否则，换作旁人，一生的这般颠沛流离、困苦劳累，早已经不堪忍受，何谈那些屡屡令人拍案叫绝的诗文出手。

所以，那刚刚的失落与感伤也就随着这清晨的雾气渐渐淡化了，那一份自信重新冉冉升起，再次占据着他的心灵。一直到后来的"乌台诗案"，东坡的怀才不遇也没有打消他对人生的积极态度。

珍惜健康的人是聪明的，也是善良的。无论你珍惜的是他人，还是自己。东坡一直以来很注意养生，他知道，身体是自己的，自我折磨，只会令自己和爱自己的人更加痛苦。所以，与其消极地苟延残喘活下去，还不如将身体养得健健康康，与两三个友人饮酒作乐，不也是人生一大幸事吗?

“当你孤单你会想起谁”？ 东坡落寞的时刻，我想，他最最想念的或许就是弟弟子由吧。

东坡在密州时，想见弟弟而不得。那一年的中秋之夜，东坡望着月亮，睹物伤情，想想这万家灯火，亲人团聚的日子，自己和弟弟都各自飘零在他乡，一年又一年，竟然是聚少离多，不禁潸然泪下。将笔蘸饱了墨水，那首举世公认的最好的中秋词诞生了。批评家说这首词写出来之后，其他所有以中秋为题材的词都可以弃之不足惜……

明月几时有，把酒问青天。不知天上宫阙，今夕是何年。我欲乘风归去，又恐琼楼玉宇，高处不胜寒。起舞弄清影，何似在人间。

转朱阁，低绮户，照无眠。不应有恨，何事长向别时圆。人有悲欢离合，月有阴晴圆缺。此事古难全。但愿人长久，千里共婵娟。

看看古代的诗词，望月抒怀的名篇佳句一一地映在眼前。在大自然的景物里，月亮是颇富浪漫色彩的，它给多少人带来那心灵刹那间的艺术灵感。一弯新月，会让人联想到初生的芽；一轮满月，会让人联想到美好的圆满。人们在月亮上集中了自己许多美好的理想和憧憬。诗人遇到月亮是诗人的幸运，月亮遇到诗人是月亮的造化。诗人与月亮之间的关系，本身便宛如一首诗。苏轼是一个性格很豪放、气质浪漫的人，当他在中秋之夜，大醉之中，望着那一轮金黄的明月，他的思想感情犹如长了翅膀，天马行空地自由飞翔着，畅游天上人间。反映到词里，遂形成了一种豪放洒脱的风格。

“明月几时有”这个问题问得很有意思，好像是在追溯明月的起源、宇宙的起源；又好像是在惊叹造化的巧妙。东坡把青天当作自己的朋友，把酒相问。这两句是从李白的《把酒问月》中演化而来的，李白的诗说："青天有月来几时？我今停杯一问之。"不过李白这里的语气比较舒缓，东坡的问法更为峻切。

接下来一句："不知天上宫阙，今夕是何年。"古代还完全没有现代人类登月的科技，一切这地球外的奥秘，都是经过层层想象出来的。从明月诞生的时候起到现在，一定已经过去许多年了，不知道在月宫里今晚是一个什么日子。

诗人想象那一定是一个好日子，所以月才这样圆、这样亮。他很想去看一看，所以接着说："我欲乘风归去，又恐琼楼玉宇，高处不胜寒。"他想乘风飞向月宫，只怕那里的琼楼玉宇太高了，受不住那儿的寒冷。或许，这就是东坡那种既向往天上又留恋人间的矛盾心理吧。

也有人说，也许是因为苏轼对明月十分向往，早已把那里当成自己的归宿了。从苏轼的思想来看，他受道家的影响较深，抱着超然物外的生活态度，又喜欢道教的养生之术，所以常有出世登仙的想法。但是我觉得，这是否属于他宦海生涯的某些难言之隐呢？

但苏轼毕竟更热爱人间的生活，"起舞弄清影，何似在人间"，与其飞往高而寒的月宫，还不如留在人间伴着月光起舞呢！同样喜欢酒与月的李白，在《月下独酌》中说："我歌月徘徊，我舞影零乱。"苏轼的"起舞弄清影"就是从这里演绎出来的。苏轼感情波澜起伏，在出世与入世的矛盾中，他终于让入世的思想战胜了。

"明月几时有"，这在九百多年前苏轼的时代，是一个无法回答的谜，而在今天科学家已经可以推算出来了。乘风入月，这在苏轼所处的时代不过是一种幻想，而在今天也已成为现实。可是，今天读苏轼的词，我们仍然不能不赞叹他那丰富的想象力。

这个夜晚，天上的月亮圆满倒是圆满了，而地上的人呢？月光转过朱红的楼阁，低低地穿过雕花的门窗，照着屋里失眠的人。

这一夜的东坡，又失眠了。虽然他往日的睡眠都很好，但是人若从心底伤感起来，真是会痛苦不堪。东坡因不能和弟弟子由团圆而感到忧伤，这一夜，终究是不可能入睡了。

月圆而人不能圆，这是多么遗憾的事情！东坡，你这个时候是否已经妒忌起那无辜的月亮了呢？

词人埋怨明月说："不应有恨，何事长向别时圆。"明月啊，你为什么老是在人们离别的时候才圆呢？

如果一味地这样伤感下去，恐怕弟弟知道后会比自己更难过，做哥哥的，要更坚强一些，因为弟弟日后的人生路上，还需要一个坚强的亲人来为他加油，为他鼓劲。东坡擦拭了眼泪，劝慰弟弟，似乎也是在劝慰自己，接着说道：人固然有悲欢离合，月也有阴晴圆缺，月亮也不是每一夜都这么圆满惹人醉的，自古以来世上就难有十全十美的事。既然如此，又何必为暂时的离别而感到忧伤呢？

短短的几句话， 一下子就把节日中不能重逢的愁绪一扫而尽，人变得乐观而豁达，并充满了对未来光明的向往，不知道子由看到这首词，当时是怎样的感想。他会理解哥哥的这片良苦用心吧。

东坡在词的最后说："但愿人长久，千里共婵娟。"既然人间的离别是难免的，那么只要亲人长久健在，即使远隔千里也还可以通过那同一轮明月把两地联系起来，把彼此的心连在一起。

古人一直有"神交"的说法，要好的朋友天各一方，即使空间上不能见面，却能以精神相通。"千里共婵娟"也可以说是一种神交了！

王勃有两句诗："海内存知己，天涯若比邻。"意味深长，被传为佳句。

就是那一朝宰相张九龄，也曾在夜里披着衣服站在院中央对月兴叹："海上生明月，天涯共此时。"

千年之后，有了移动电话、互联网的人们，吟着"但愿人长久，千里共婵娟"的句子，试图用它解读不能相守却心意相通的爱情。

可很少有人知道，在很多年前的一个月夜，这是东坡与弟弟的对话：子由，我们并不孤单，至少我们兄弟的心灵相通，中秋快乐。

十年生死两茫茫

安妮宝贝说："每个男人的最初，都会有一个樱花般的女子，飘落在生命里，却注定颓败。"在这夜深人静的时候，无法回避与她的相遇。

十年，是一个什么样的周期？它不似千年，让人感觉像个神话，也不似百年，让人感觉遥不可及，我们每个人都经历过十年，让我们印象深刻而又刻骨铭心。

十年是一个什么概念？只能用唐朝诗人元稹的一句诗来概括：曾经沧海难为水。

往事成空，一切都不可能重新再来。不属于自己的，强力争取也得不到。人们不是常说嘛，命里有时终须有，命里无时莫强求。面对生活的种种困难和挫折，这种达观的态度是十分必要的。

十年前，他和她青梅竹马，一段媒妁之言成就了一段动人的佳话，她聪慧、博识，是他温柔婉约的贤内助，两人秉烛夜谈，开心快乐，成就了一段千古佳缘。

十年后，她走了，顾影自怜，早已没有了爱人的踪影。佳人如梦，醒来后除了眼泪只有思念之情。原本以为经过时间的洗礼可以忘记，谁知只有记得更深。满腔的柔情，满腔的思绪。

"十年生死两茫茫"，这是他长久郁结于心的深长的悲叹。王弗病故至苏东坡作此词时恰好是十年。岁月的流逝，生活的变迁，都没有冲淡诗人对亡妻的一片深情，他不仅无时无刻不在思念着她，而且思念之情随着时间的推移越来越深、越来越浓。怀想至切，却生死相隔，无法相见。读到此处，仿佛听见了诗人对亡妻凄苦的告语：十年啊，我日夜地思念着你，而你却没有消息；你呢？是否也在思念着我，是否也是同样的杳无音信？

生者和死者都是一样的情思，一样的哀绪。可见夫妻二人生前相知相爱感情之深，于是我们可以想象东坡在王弗死后刻骨相思之切，相思不见之痛：

十年生死两茫茫。不思量。自难忘。千里孤坟，无处话凄凉。纵使相逢应不识，尘满面，鬓如霜。

夜来幽梦忽还乡。小轩窗。正梳妆。相顾无言，惟有泪千行。料得年年断肠处，明月夜，短松冈。

孤坟在千里之外，你的消息我再不知晓，我现在的样子你也不能再看到。这凄凉该怎么形容？即便我们今日再见面，恐怕都已经面容憔悴，两鬓霜白。

昨夜我忽然做梦，梦到十年前的我们，那天你正对着轩窗，整理着容妆。你回过头来看到我，我也就这样望着你，我们就这样默默地互相望着，说不出一句话来，只有抑止不住的眼泪流淌。

现在你的坟茔，被明月照得发白，这一片短松冈见证着我对你的思念，然而，这竟是我年年来思则断肠的地方。

一个生性对命运不屈的男人，一个豪情万丈的男人，那夜，却是如此柔情似水，内心有百转千回的相思，只为一个曾经深爱的女人，他泪洒千行。这十年的朝朝暮暮，不想，却成了苏东坡的刻骨铭心，虽然此后也有红颜相伴，但，王弗却始终是苏东坡“十年生死两茫茫”的唯一，不管过去多少年。

这个叫王弗的女子是幸运的，我被她的幸福感动着。美丽贤惠而又有才情的她，终算是幸运的，虽说是媒妁之言，但命运的眷顾，使她有幸和苏东坡相遇，一起牵手走过十多年，那是风华正茂的十多年，更是人生中最好的光阴啊。

十九岁的苏东坡在当时的眉山来说，已算是“大龄青年”了。父母告诉他，要他娶进士王方的女儿为妻。苏东坡曾有一个姐姐叫作八娘，因父母包办婚姻，将八娘嫁给程之才，可到婆家后没多久，便被婆家活活折磨死了。苏东坡很喜欢他的这个姐姐，姐姐的惨死对一心想学道归隐的苏东坡心灵上的影响增大，尤其对于婚姻，他更觉得厌恶反感，总是想法子逃避着，甚至曾经想过要归隐山林。

他不了解王弗，不知道她是否会是自己喜欢的姑娘，所以他请一个同学去打听王弗的人品，自己也偷偷地到青神县“暗访”。当听说王弗是一个美丽、聪慧的女孩时，苏东坡感到十分欣慰。王弗并不是那种常年关在绣楼里的大家闺秀，不与外面陌生人相见。她只是一个正常人家的女儿，小户人家管教不会太严，礼数也不会太拘于形式，所以也会悄悄外出。年少的王弗免不了时常会“溜”出自己的闺阁，去外面走走看看，即便她待在闺中，也会时常推开自己的小轩窗偷看外面过往的人。所以远近的人们都知道王家有一个美丽精致的小姑娘叫作王弗。

不过他与王弗都是有理智头脑的人，都知道“耳听为虚，眼见为实”的道理，所以都想见对方一面。按照当时的礼教，苏东坡这时是不适合去王家的，他只好托青神县好友联系王弗的丫鬟玉兰，请她转告王弗，想偷偷见一面的想法。时间就在重阳节，这一天年轻女子可以外出，所以王弗也想亲睹苏东坡的人品，当然一拍即合。

相传王弗的家乡有一个天然鱼池，只要游人一拍手，鱼儿就会跳跃着拥过来。王弗的父亲王方是乡贡进士，在家乡颇有点声望，有一天心血来潮想为这处风景命名，便邀请远近的青年才子前来，各自为这奇景命名，王方这次也有点暗中择婿的意思。这次的命题活动苏东坡也在其中，众人七嘴八舌说了许多个名称，王方均觉得不满意，直到苏东坡提出“唤鱼池”三字，王方才连连说妙！哪知躲在窗帘后的王弗想的也是“唤鱼池”三字，二人的想法不谋而合，王弗便在内心认定苏东坡做自己的丈夫。而这时苏东坡并不知道王弗已经芳心暗许。

重阳节头一天，苏东坡便住到青神县好友家里，他的内心难以压抑激动的心情，第二天一早就动身去了唤鱼池，他来得非常早，在唤鱼池转了一圈也未看到王弗的倩影。苏东坡到了唤鱼池边，四处观望，想找王弗，他发现一位身材苗条、衣衫得体的姑娘，侧身坐在距池边较远的石凳上。他想这一定是王弗，便兴奋地走过去，很客气地说："小姐久等了。"说完后，苏东坡正等着她转过身来施礼时，却听见姑娘笑着说："苏公子，我是小姐的丫鬟玉兰。"苏东坡感到很意外，以为是自己迟到，所以王弗生气走了，于是忙问道："小姐走了吗？"玉兰见苏东坡犯疑的神情，又哈哈地笑着说："小姐让我带话给苏公子，她不看你的相貌了。"这可使乘兴而来的苏东坡更加不安，又急促地问道："请玉兰姐告知缘由。"玉兰见苏东坡很心急的样子，便笑嘻嘻地说："小姐说：'重貌而不重才，是鄙俗之见。只有重才而不重貌的人，才具有高尚的品质与诚意。'"看着苏东坡还有些不解，在思索，玉兰又笑着补充道："小姐还说：'既已爱君之才，无须再相君之貌了。'" 苏东坡听后又惊又喜，惊的是王弗真是位奇女子，喜的是王弗有如此高雅的见识，不由得更生爱慕之情。他这才转惊为喜，高兴地说："小姐有如此高雅的学识与品德，学生佩服至极也！"玉兰听后也高兴地问道："苏公子，你还相不相我家小姐的貌呢？"苏东坡听后，急忙连声回答道："请玉兰转告小姐，不相了不相了，学生已仰慕小姐的人品了。"

年轻人的感情往往发展得很快，他们进入了自由恋爱阶段，情感的大门一旦被冲开，苏东坡便彻底地走出了对婚姻恐惧的误区。他开始了对她的思恋，他开始和王弗私下会面，甚至一日不见便会心烦意乱，无法正常读书、做事。有时他们约会是在晚上，皎洁的月光透过树梢，洒在他们的身上。两人经常到这片松林约会，林间的鸟儿轻轻地拍着翅膀，仿佛在偷听他们甜蜜的情话。有一次约会结束后，苏东坡回到家中，可是打开书却都是王弗甜甜的笑容。苏东坡辗转反侧，睡不着觉，满眼都是心上人，天刚蒙蒙亮，苏东坡便偷偷地跑到王家楼下，而这时早起的王弗已打开闺房的窗户，苏东坡并没有惊动她，只是静静地、偷偷地、含情地看着她在窗边梳妆打扮。

他们终于结婚了。苏东坡与王弗结婚时，他刚满十九岁，王弗刚十六岁，可以说是一对小夫妻。因为苏东坡对王弗有充分的了解，王弗也读过苏东坡的诗文，所以小两口十分恩爱。尤其是王弗不仅有温柔体贴、端庄的美德，还是位熟读诗文的才女，这令苏东坡又爱又佩服。在苏东坡和王弗谈恋爱的时候，王弗并没有显露自己读过很多书，有很多学问。那个年代，女子是不进学堂读书的，王弗的父亲王方是乡贡进士，学问很深，深受父亲的感染，聪明的王弗自己在闺中看了许多书，学了不少知识。就是在婚后初期，苏东坡也还不知道这事。但每当自己看书的时候，妻子王弗总守在自己身边不离开，苏东坡偶然有遗忘的篇章，王弗都能在旁边做出提醒。苏东坡感到不可思议，于是又问了王弗许多文章和知识，王弗基本上都能知晓并回答，至此，苏东坡方知自己娶到手的不但是个美女，而且是个才女。

别看王弗只有十六岁，在今天看来还只是个未成年的孩子，可是嫁到苏家后，勤俭持家，为人处世极尽周到，深得苏家上下称赞，尤其是苏东坡的母亲程夫人更是特别喜欢这个儿媳妇。婚后，王弗生下了爱子苏迈，小两口更是亲热无比。苏东坡因有爱妻的体贴支持与鼓励，他的生活无忧无虑，深感甜蜜幸福，因此能专心攻读诗文，二十一岁便金榜题名。

自古红颜多薄命，古往今来似乎总是如此！美丽精明的女人更容易被上天妒忌，所谓天妒红颜，古今略同！王弗正是如此。正值芳华的王弗不幸病逝，年仅二十七岁。从十六岁到二十七岁，一个女子一生中最美好的青春年华，都默默献给了她最爱的丈夫，伴他宦海沉浮，为他营造了一个温暖的家庭港湾。王弗死后，苏东坡伤心欲绝，曾一度心灰意冷。每个人抛不开放不下忘不掉的一个人、一些往事，总是被藏在记忆最深处。不愿去触摸，也不愿向任何人说起，因为每一次的触动，都是又一次刻骨铭心的伤痛。

苏东坡一生豪迈，有“拣尽寒枝不肯栖”的狂傲，有“竹杖芒鞋轻胜马。谁怕。一蓑烟雨任平生”的洒脱，而唯有面对爱妻时，他内心最深处的柔情才肯展露，“相顾无言，惟有泪千行”写尽多少心中的情与痛？“小轩窗，正梳妆”又唱尽多少回忆和遗憾？苏东坡天生是个粗枝大叶、处处对人不设防的人，而精明的王弗正好弥补了他这方面的不足，二人性格互补，除了恩爱外，在人生的道路上更能共同抵抗风风雨雨，而今心爱的人儿英年早逝，这种痛楚哪里是用语言所能表达的！留给苏东坡以无尽的思念与悲痛。

在王弗的墓旁，苏东坡“手植青松三万栽”，这又需要多少耐力与心血啊？三万棵，不是一棵，感天动地的爱，可歌可泣。三万棵松树融入了多少苏东坡的血和泪、情与恨？也许他就是想要他亲手种植的这些松树代替他静静守候在爱妻的身边啊！王弗泉下有知，也瞑目了。

此外，苏东坡在其千古名篇《念奴娇·赤壁怀古》中感慨道：“遥想公瑾当年，小乔初嫁了，雄姿英发。羽扇纶巾，谈笑间，樯橹灰飞烟灭。故国神游，多情应笑我，早生华发。人生如梦，一尊还酹江月。”年轻有为的周瑜，又何尝没有苏东坡自己的影子呢？遥想王弗初嫁时，他也曾多么意气风发、潇洒得意。而自从王弗故后，他迅速地衰老了，不复少年时的倔强与狂傲，词中却多出了许多的“华发”。这又何尝不是自己的影子呢？

有王弗这样的妻子是每个男人的梦想，苏东坡是幸运的，然而他又是不幸的，上天把王弗赐给了他，又残忍地把王弗从他身边夺走。与苏东坡相濡以沫十一年后，王弗永远地离开了。晚年的苏东坡决定定居常州时，更是让人不远万里从家乡眉州移植了一棵酷似梅树的铁海棠种在自己的书房前，以便每日出门都能看到，这其中的深意，又有几人领会得来呢？那棵铁海棠正是他的爱妻王弗的象征啊！

苏东坡对王弗爱得痛彻心扉，可是真正为她作的词却很少，我的理解是，情到多时情转薄，恨到浓时无从说，像苏东坡这样平日以诗文为言辞的人，到这个时候反而无声了。无声的悼念，比有声的更为沉痛！“相思已经缠绵入骨，令人黯然销魂，而不敢相思又是一种什么滋味？多情自古空余恨，如果已经不能多情，也不敢多情，纵然情深入骨，也只有将那一份深情埋在骨里，让那一份情烂在骨里，死在骨里，那又是怎样的滋味？！”，也许苏东坡多年来在诗词上对王弗的空白，恰恰证明了他对她至深的爱。十年后的王弗如梦，让苏东坡堆积压抑了十年的情感再也无法隐藏，他一蹴而就，写下了令铁石心肠之人都为之肝肠寸断的《江城子》，这差点埋藏了近千年的爱情，终于因为这一首小词，而不致被埋没，让后世为他俩的爱情潸然泪下！

就像安意如所说："不是每个人在蓦然回首时，都有机会看见灯火阑珊处等候的那个人。于是，只能在回忆里众里寻她千百度。相爱亦如做梦，死去的或者离开的，梦醒不醒都万事皆休。活着的，留在梦境里走不出来的那个人才是最痛苦的，被回忆留下来回忆两个人的一切。"

"从别后，忆相逢，几回魂梦与君同。今宵剩把银釭照，犹恐相逢是梦中"。俱往矣，真正的爱或许是无法用任何言语来表达的。只企盼若有来生，苏东坡能与他至爱的妻子王弗好好地厮守一生，再续未了情！

持节云中，何日遣冯唐

王勃说：“冯唐易老，李广难封。”

传说一次汉文帝坐着马车，经过冯唐所在的地方，汉文帝问冯唐说：“你老人家一大把年纪了，怎么还在做郎官，家在哪里？”冯唐都如实作答。汉文帝又说：“我在代郡时，有人多次和我谈到赵将李齐很有才能，你知道这个人吗？”冯唐回答说：“他指挥才能比不上廉颇、李牧的。”

汉文帝听了很惊奇：“凭什么这样说呢？”冯唐说：“我的祖父在赵国时和李牧有很好的交情。我父亲从前做过代相，和赵将李齐也过从甚密，所以能知道他们的为人。”这些话正说到了汉文帝的心里，他拍着大腿说：“我现在唯一遗憾的就是得不到廉颇、李牧这样的将领，如果有这样的将领，我难道还忧虑匈奴吗？”冯唐说：“我想陛下即使得到廉颇、李牧，也不会任用他们吧。”

一个臣子竟然会对天子说话这般不客气，汉文帝当然气极了，转头便回了宫里。过了好长一会儿，才又召见冯唐，责备他说：“你为什么当众侮辱我？难道就不能私下告诉我吗？”冯唐谢罪说：“我是一个粗人，并不懂得怎样去回避忌讳。” 这个时候的大汉王朝，正有匈奴大举侵犯，汉文帝为此十分忧虑，他不得不接着问冯唐：“你怎么知道我不能任用廉颇、李牧呢？”冯唐说：“我认为陛下的法令太严明，奖赏太轻，惩罚太重。由此说来，陛下即使得到廉颇、李牧，也是不能重用的。”听到这样一份劝谏，这一次的汉文帝豁然开朗，他明白冯唐所指的是什么，就这样，君臣之间默默地传达着各自的心思，汉文帝当天就让他拿着汉节出使，前去赦免那被驱逐出朝廷的魏尚，重新让魏尚担任云中郡郡守，冯唐也被任命为车骑都尉，掌管中尉和各郡国的车战之士。

一个人，能够听得进别人的劝谏，是智慧的。听他人说话，这看起来似乎并不需要做任何准备，然而，很多人可以是一个很好的演说者，却不见得是一个优秀的聆听者。很多人，他们往往只活在自己的一片世界里，没有外面，没有他人，听不进别人的言语。这样的人，其实是孤单得可悲。

一个平凡的人尚且如此，当那权倾天下的君主静下来用心去聆听一个臣子的意见时，他做到了更多。可是，他应该分清，可以听什么人的，不应听什么人的。

东坡生活的时代，和后来的宋末所遭受的外患相比，固然已经算得上是歌舞升平的盛世。可是，就像那一袭袍，有的，固然华美非凡，却是爬行着那么几只厌恶的蚤子。在朝廷，东坡的才华惹得一些人眼红不已，他们在皇帝面前进谗言，没有什么原因，只是不想让东坡舒舒服服地过好日子，更不想让他有机会再回到朝中。

他们以为如愿以偿了，因为，东坡从“人间天堂”被调到了僻远的密州。

宋神宗熙宁七年（1074年）九月，苏东坡在杭州的任期已经到了。他怀着矛盾的心情离开了有着“人间天堂”美誉的杭州，调到了无论在什么方面都远远比不上杭州的密州。或许这个时候，他自己也看不清未来的道路，他和变法拥护者的态度一向不和，回朝廷的希望是不大了。这时，他的弟弟子由正在山东济州任职，苏东坡于是也呈请调到山东去。因为密州离青岛很近，所以东坡申请调到密州，这样，他和弟弟见面就更方便一些了。当时的东坡也许是养精蓄锐，韬光养晦，总之，暂时在密州落脚了。

在赶往密州的路上，东坡作词说：“用舍由时，行藏在我，袖手何妨闲处看。身长健，但优游卒岁，且斗尊前。”

这样，他开始任密州太守。

苏轼于熙宁七年十一月初抵达密州。一入境，他面对的是一个非常严重的局面。密州是一个很穷困的小县城，主要种植麻、枣、桑树之类，和杭州令人心旷神怡的美景比起来，简直是天壤之别。在宋朝的时候，官员们的俸禄往往并不是很高，东坡曾在他的《杞菊赋》序言里说："余仕宦十有九年，家日益贫，衣食之俸，殆不如昔者。及移守胶西，意且一饱，而斋厨索然，不堪其忧。日与通守刘君延式循古城废圃，求杞菊食之，扪腹而笑……"

密州也不是百姓安居乐业的地方，在东坡来这儿之前，这一带常常盗贼四起，民不聊生。苏轼认为这得从根本上解决，而不是带兵就能把盗贼消灭得彻底的事。于是，他向朝廷反映，希望朝廷可以放税，"当常使其民安逸富强"，这样，才会治标治本地解决问题。就这样，经过他在密州差不多一年的治理，当地的生产渐渐地发展了起来，人民生活也得到了一定的改善。

一个清廉的父母官，不是通过他离任时收得多少把万民伞来证明的，他的政绩，一直存留在当地百姓的心里。而过于看重那外在虚荣头衔的，哪里还有心思去多想想他的百姓们。

感激涕零，这是密州的老老少少对东坡的感情。

当时，密州旱蝗相继，刚到密州的东坡赶上那里正闹蝗虫，漫天飞着，当地的百姓苦不堪言，他马上组织农民灭蝗，算是安稳地度过了。紧接着，从秋天到冬天，密州方圆几百里都没有下过一滴雨，连想播撒种子都无从下手，"见民以蒿蔓裹蝗虫而瘗之道左，累累相望者二百余里，捕杀之数，闻于官者几三万斛"，灾情极为严重。

就在1074年年底，苏轼为了如实反映旱蝗交加造成的严重灾情和百姓朝不保夕的苦难处境，向宋神宗上奏了《论河北、京东盗贼状》。他在奏折中说，密州地处京东，是"腹心根本之地"，而此地与中原的离合，常常关系着国家的安危，京东的贫富和天下的稳定息息相关啊。就是这样一个重要的地方，已经到了"公私匮乏，民不堪命"的地步，希望朝廷派官员视察灾情，并体量放税。这篇奏折可以说是苏轼在密州朝间的施政纲领，他这之后的一系列举措也是按这进行的。

这一次，皇帝听了东坡的陈述，还是犹豫了一段时间。

东坡因对王安石不合时宜的变法一直持反对态度，而一直没能再回到朝廷。这时的王安石已经离职了，取而代之的是吕惠卿，然而，这个人还远远不如王安石。当时所创行的新税法，免役税的分派远远不是县里的那些普通百姓所能承担得了的。在城里，有时会看到小孩子就死在道旁，景象惨不忍睹。

这一时期苏东坡写的诗里描述过这样的惨象，说绕着城走走，看到白发人葬送黑发人的场面，让人看了泪如雨下。几年以后他在给别人的一封信里提到过，自己曾经救了三四十个饥肠辘辘的小孩子，在自己家里抚养。

熙宁八年（1075年）春夏之交，密州又出现了旱灾，苏轼就率领官员们到常山去求雨。恰好这个时候果然下了一场雨。我们看《西游记》，有时唐僧师徒常找雷公电母出来帮忙。古代大多数人一直以为这雨就是他们来掌管的……

由于雨来了，人们就认为求雨的庙很灵验，于是张罗着把它好好地修整一下。到了十月的时候，常山庙已经被修整一新了。

这时的苏东坡又一次带着当地的官员们去祭谢，祈求来年有个好收成，五谷丰登。

在那天行进的路上，他和随从们看到有飞禽走兽在黄茅冈那一带出没，东坡一下子来了兴致。“大家有谁愿意的，留在这里和我一起来狩猎吧。”

东坡感觉自己似乎又回到了意气风发的少年时代，突然豪气满怀。这时的他，正穿着大皮袄，戴着锦蒙帽，威风地走在队伍的前面，指挥着狩猎一行人，只听他一声令下，骑着马儿的兵士们呼啦啦地奔驰向前，平冈上被溅得尘土飞扬。

东坡的黄毛狗在前面仔细地嗅着，警觉地搜寻着野味，一只苍鹰也虎视眈眈地听着四周的动静，一会儿，一双锐利的眼睛发现了野兔，嗖的一下以迅雷不及掩耳的速度飞了过去。

看到这样酣畅淋漓的壮阔场面，这位苏太守也忍不住了，趁着刚刚的酒意，也张弓搭箭，要一展风采。他顺手抄起一支箭，搭在弦上闭着一只眼睛朝草丛里的野兔射去，只见那兔子应声倒地，众兵士一阵欢呼。

听说东坡在这里狩猎，好多当地的百姓也纷纷赶过来看热闹。东坡这时的兴致更浓了，他的词兴大发，当即吟出了一首激昂澎湃的《江神子·猎词》：

老夫聊发少年狂。左牵黄。右擎苍。锦帽貂裘，千骑卷平冈。
为报倾城随太守，亲射虎，看孙郎。

唱到这里，东坡忆古思今，又想到了那北方的西夏和辽国仍在威胁着宋朝的边境，随时会有南下攻打中原的危险。想到这里，诗人的一股豪情壮志涌上了心头。想到大丈夫仍然应该心怀社稷，以天下为己任，接着朗朗地吟道：

酒酣胸胆尚开张。鬓微霜。又何妨。 持节云中，何日遣冯唐。
会挽雕弓如满月，西北望，射天狼。

东坡这一次围猎回到家以后，还是余兴未尽，那豪迈的感情仍然在他的脑海和心间久久地回荡着，他除了反复地品味着自己刚刚即兴所作的这首词之外，还趁热打铁地用诗的形式来记下了这次围猎，名字叫作《祭常山回小猎》。还是觉得依旧有一肚子话要说，于是又写信给朋友，说他在围猎后写了《江神子·猎词》这首词，“令东州壮士抵掌顿足而歌之，吹笛击鼓以为节，颇壮观也”。所以，他说他这首词是与“柳七风味”不同的，是“自是一家”的。

我们现在可以了解到，北宋时期的词人填词，多是关于缠绵的爱情，你侬我侬的恋情在词里被表现得已经快要泛滥成灾，甚至林子大了，也就什么鸟都有，鱼龙混杂的词作里面还有一部分格调极为低下。而苏东坡这首词，无论是从内容还是思想上，都不同于往昔，是豪情满满的，是慷慨激昂的。可以说，这首词是苏轼最早的一首豪放词，词中饱含着立功报国的雄心壮志。在苏词以前，严肃的题材和崇高的格调，似乎是词体所不能承担的。词自晚唐五代发展以来，风格一直是比较婉约的。苏轼以一个诗人的敏感，捕捉到一股豪放之气，经过创造性的发展，终于把原来诗文中能表达的旨意写入词中，给词坛带来全新的冲击。

南宋俞文豹曾记载过这样一个故事：东坡在玉堂日，有幕士善歌，因问："我词何如柳七？"对曰："柳郎中词，只合十七八女郎，执红牙板，歌'杨柳岸，晓风残月'；学士词，须关西大汉，铜琵琶，铁绰板，唱'大江东去'。"东坡为之绝倒。（《吹剑续录》）

可以说，那是东坡一生当中最最沮丧的时光也不为过了。可偏偏就是，东方不亮西方亮，在上帝为你关上一扇门的时候，总还会为你打开一扇窗。有人说，苏东坡这个伟大的诗人往往在最困难的时候，却写出了最好的诗歌。很多后来研究苏东坡的人也纷纷表示，在密州的这段时间，苏轼的诗歌才达到了完全成熟的程度。

这时的东坡，人到中年，激情和火气已经渐渐变淡，转为一片安静平和的心境。

乐天知命吧。

春末老，风细柳斜斜

有一天晚饭之后，看完新闻的父亲在一旁喝着茶，莫名地自言自语一句：生活是美好的，也是残酷的。

我并不知道他看到了什么，又想到了什么，但我心却陡然一沉，涌上来一股淡淡的忧伤，不知道是因为这句寂寥的话出自从来都是乐天派的父亲的口，还是因为其他。人世间，不如意者十之八九，渺小的人面对大千世界，有时真的感到无能为力。

能看开的人，便是寻到了幸福的钥匙。闲适，是一种聪明的生活态度。能在不如意的生活里苦中作乐，是一种莫大的人生智慧。

以推崇“闲淡”而闻名的周作人先生，一生追求意味隽永的生活境界，他喜欢那种舒适自在，“极慕平淡自然的景地”，后人也一向以“平和冲淡”四字来评价周作人文体的审美特色。

他曾这样作过比喻：农夫终日车水，忽驻足望西山，日落阴凉，河水变色，若欣然有会，亦是闲适。至于那种仿佛看破红尘，等生死，齐祸福的“大闲适”，也不过是在无可奈何的情况下，只好“以婉而趣的态度对付之”的表现罢了。

其实，周作人的“闲适”正如那终日劳苦的农夫，“忽驻足望西山”时“欣然有会”一样，是一种忙里偷闲，自娱自乐的“小闲适”，他那“平和冲淡”的思想，也是一种对心灵矛盾的自我调和而已。

但是，能做到这一点，真是很难得。

如果让我再想出一个颇懂得这苦中作乐的文人，我第一个想到的，非东坡莫属。

有一位朋友，他曾经告诉我说，其实，空气也是有态度的。一个地方的空气，有着一个地方的态度。比如，政治之于北京，商业之于上海。

可是，有时人的态度，可以改变一个地方的空气态度，我相信。

东坡在密州的日子里，他每每想着生活应该以怎样的态度进行。东坡决定，一定要让自己以一个阳光灿烂的心境来生活，无论眼下是怎样的境遇。

甚至这时的他，连赞美大自然和享受生活的心情都与以往有了不同，不像是在杭州那时的激情愤慨，常常会有突然莫名的火气出来。这时的他，心境似乎比那时更洒脱，有些事情也渐渐地放下，不再那么固执。或许，一个人的状态真的和他的年纪有莫大的关系吧。

苏东坡一直对陶渊明有着敬仰之情，尤其是陶诗，好多都与东坡的感觉不谋而合。在密州时的东坡对陶渊明的诗爱得越来越浓厚了。他写的许多诗也开始接近陶渊明的那种田园风格，不但我们可以从中读到他那种宁静、平和、知足，还可以看到那种天人合一、与自然融为一体的状态，简直是一种绝佳的境界。恐怕若当时陶渊明在世，一定会将苏东坡引为知己。

他曾经写过一首名为《西斋》的诗，简直可以放到陶渊明的诗集中以假乱真。有着田园生活心态的东坡，那时写的这首诗是这样的：

西斋深且明，中有六尺床。病夫朝睡足，危坐觉日长。
昏昏既非醉，踽踽亦非狂。褰衣竹风下，穆然濯微凉。
起行西园中，草木含幽香。榴花开一枝，桑枣沃以光。
鸣鸠得美荫，困立忘飞翔。黄鸟亦自喜，新音变圆吭。
杖藜观物化，亦以观我生。万物各得时，我生日皇皇。

读完这首诗，我很自然地联想到陶渊明的那首《饮酒》中的诗句：结庐在人境，而无车马喧。问君何能尔？心远地自偏。采菊东篱下，悠然见南山。山气日夕佳，飞鸟相与还。此中有真意，欲辨已忘言。或许只有诗人远离闹市的喧嚣，躬耕退隐，在清晨黄昏得以静下来反观自身，才会达到这样的心灵境界吧。

当时在密州的苏轼，超然台对他的意义非同一般。超然台之所以叫作“超然台”，个中原因，恐怕和他在密州任上形成的超然物外的内心世界是分不开的。

据说，超然台本来在魏时就有了，坐落于诸城北城上，俗称“北台”。可是由于实在太过悠久，早已经破旧得颓败不堪，在东坡上任密州的第二年，他派人重新修建。在修建超然台的那一段时间里，苏轼每天都会亲自动手种种菜、喂喂鱼，一种世外神仙似的生活。

一番处理后，超然台的面貌又变得焕然一新了。非但如此，东坡是一个颇有生活情趣的人，他让人在原来的基础上进行了新式的设计，一变而成为有宋代建筑风格的阁楼。苏轼特意请当时尚在济南的弟弟苏辙为这台子命名，苏辙活用老子“虽有荣观，燕处超然”的典故，把这个修葺一新的小阁楼命名为“超然台”。心有灵犀，东坡对这个名字颇为喜爱。

修整后的超然台，“台高而安，深而明，夏凉而冬温”，成了苏轼在密州时和朋友们聚会唱和饮酒的主要场所。“时相与登览，放意肆志焉”。每当“南望马耳、常山”，东眺卢山，极目西南的穆陵关，俯视奔流北去的潍河水，苏轼都会发出怀古的咏叹。

即使有的时候是雨雪天气，路面泥泞难走，东坡也满不在乎，依旧去超然台上散心放风，而且，从来都不缺少伴随他一起去的朋友。他们在那里或是“撷园蔬，取池鱼”，或是“酿秫酒，瀹脱粟而食之”。东坡在超然台上与宾客聚会，吟诗填词，唱和应答，真可谓“乐哉游乎”！

在超然台上，以超然物外之精神状态，笑看大千世界，是东坡对不如意生活的一剂良药。这药，却并不是人人都可以取而饮之的，非有大智慧、大闲适而不得。所以，人们对农夫的歌颂屡屡不绝，却少有人真愿意去与之角色互换。

熙宁九年暮春，苏轼登超然台，眺望春色烟雨，触动乡思，为超然台写下了一首传唱后世的词篇：

望江南·暮春

春未老，风细柳斜斜。试上超然台上看，半壕春水一城花。烟雨暗千家。

寒食后，酒醒却咨嗟。休对故人思故国，且将新火试新茶。诗酒趁年华。

当年，超然台给了东坡无穷无尽的灵感；东坡，更是为超然台在中国的文学史上写下了浓重的一笔。因为东坡，超然台这个飘逸的名字得以流传至今。

那里的人们对东坡是怀有一番感情的，为了纪念苏公，他们在超然台上立了苏轼《超然台记》的石刻。我一直认为，这是一篇不读应颇引以为憾的文章，东坡那对人生的感悟，那处世的乐观，都包蕴于其中。

东坡说，所有事物都有可欣赏的地方。只要有可欣赏的，都可以让人愉悦，不一定非是奇特珍贵美丽的东西。吃酒糟喝薄酒，都可以醉；蔬果草木，都可以饱。推而广之，我到哪里会不快乐呢？

趋利避害，是人的天性。人之所以寻求福祉而避开灾祸，都是把福气当作可喜悦的，而把祸患看作可悲伤的。不是这样吗？

如东坡有大智慧者，不会简简单单地这样认为，他知道，有塞翁失马的因祸得福，也更深知老子那福祸相依的哲学。人的欲望是无穷的，但是，能用来满足我们欲望的物质却是很快便结束它的生命，无论曾经看作怎样宝贵的东西，有一天也会很容易在垃圾箱里找到自己的位置，这听起来不能不让人产生一种悲凉的感觉……

分辨美丑的想法在心中斗争着，而对于取舍的选择在面前交错着，那被当作喜悦之事的往往很少，而被当作悲哀之事的往往很多，这就是所说的求取祸患而避开福祉。求取祸患而避开福祉，哪里是人们的本意呢？是物质蒙蔽我们了吧……

很多的情绪，因心而生。将它看作悲伤的，则悲伤；将它看作快乐的，则快乐。有时悲伤和快乐，都是人所定义。所以庄子的鼓盆而歌，也是旁人所不理解的超然。

超然台，后来还是在战火中不可幸免地毁于一旦，但那已经将东坡的心态融入这空气中的“超然”精神却流传很久很久，或许这就是人们所说的“钻石恒久远，一颗永流传”吧，因为稀有，所以难得。

这颗钻石，就是东坡那水晶般豁达的心灵。

“春未老，风细柳斜斜”，乐观的东坡，在浮浮沉沉的宦海里，需要偶尔停下来，像农夫一样“忽驻足望西山”，保持那一份闲适，否则，又能怎样呢？写到这里，我想到了刘禹锡的那一首诗：“自古逢秋悲寂寥，我言秋日胜春朝。晴空一鹤排云上，便引诗情到碧霄。”我无言评论，只是觉得这意境颇符合东坡的苦中作乐。从心底发出幽幽的赞叹：境由心生。

只有多情流水、伴人行

苏轼在他的《南歌子·寓意》里这样写道："蓝桥何处觅云英。只有多情流水、伴人行。"

小时候看宋词，完全不懂这些字的组合是什么意思，何为蓝桥，又何为云英？流水又怎么会多情？后来读李白的《长干行》，读到"常存抱柱信，岂上望夫台"，更是一头雾水。

又过了多少年，进了大学，读《庄子·盗跖》，才了解到一点点这典故的由来："尾生与女子期于梁下，女子不来，水至不去，抱梁柱而死。"

尾生与孔子都生活在春秋时代，少年的他与当地的一位女子相知相爱。有一天，他们相约晚上在一座木桥下相见。到了晚上，尾生去了桥下，苦苦相等，女子未来，而大水却不期而至，尾生为了实现自己对爱情的诺言，不愿离去，最终他宁可抱桥柱被水淹没而死。

这便是"魂断蓝桥""抱柱之信"的典故了。

这是一个凄凉的故事，读来总是令人备感惋惜。

死生契阔，与子成说。世间最难让人割舍下的，恐怕就是那一份纯真的感情。它如山涧溪流一样清新自然，如清晨甘露一样沁人心脾。

关于蓝桥，后人也有很多浪漫的爱情传说，最有名的莫过于唐长庆年间秀才裴航在蓝桥遇仙女云英的故事，从此使蓝桥声名鹊起。

唐朝长庆年间，有个叫裴航的落第秀才游学到了蓝桥驿，忽然觉得口渴，就向道旁茅屋里织麻的老阿婆求水喝。阿婆见裴航是个书生，就让自己的孙女云英拿水给他喝。

裴航见到云英之后，立即目瞪口呆。那是多么美丽的女子！幽谷中的红兰不能比拟她的芳丽，蓝田中的美玉不能形容她的明媚。裴航一见钟情，就向老阿婆求娶。阿婆也觉得裴航是谦谦君子，心下很同意这门亲事，但要裴航拿白玉杵臼做聘礼，因为她有一丸仙药，必须要白玉杵臼捣后才能服食，然后便可成仙。

裴航欣欣然地答应了，与阿婆约了百日的期限，于是开始四处寻访白玉杵臼的下落。

一直找寻了多日，裴航才在一个卖玉的老翁那里买到了白玉杵臼。他花费了所有的钱财，连马匹仆人都卖掉了，只能亲自背负着白玉杵臼步行到蓝桥驿。阿婆见到裴航，非常高兴，就拿出仙药来，让裴航帮着捣药。

裴航白天捣药，晚上休息，但捣药声却经夜不息。原来是一只玉兔在帮裴航捣药，只见那玉兔身上的光芒映着玉光，再加上仙药散发出来的芳香，充满整个药室，宛如仙境。裴航心意更坚，历经百日，终于将药捣成。裴航与云英也终成神仙眷侣，飞升仙界。

这个故事听起来便快乐而圆满得多了，神仙眷侣的故事总是让人充满了浪漫的幻想。

不要嫌我啰唆，因为这一直和爱情缠连不断的蓝桥，让我想起了一个又一个浪漫的故事。是的，我还想说，我又想起了那部作为电影史上三大凄美不朽爱情影片之一的《魂断蓝桥》。玛拉和罗依的爱情荡气回肠，令人泪下。

那天，一辆军车停在了滑铁卢桥上，英军上校罗依·克劳宁从车上走下。他从口袋里拿出一个象牙雕的吉祥符，默默地凝视着，似乎有一丝惆怅，20年前的一段恋情如在眼前……

那是1917年第一次世界大战期间的伦敦。这一天，在一阵空袭警报中，名叫玛拉的姑娘和风流倜傥的年轻军官罗依一见钟情。然而就在这幸福突然来临没有几天的日子里，噩耗传来，罗依战亡。绝望的玛拉承受不了这巨大的打击，一病不起。由于生活所迫，玛拉沦为风尘女子。又过了多少痛苦思念的日子，这一天的滑铁卢车站，已沦为妓女的玛拉浓妆艳抹，闪动着媚眼，招徕着走过身边的官兵，没人理睬她，人们都在匆忙赶路，寻找着前来迎接的亲人。突然，她呆住了：一个熟悉的身影朝她走来，是罗依，他并没有死，他回来了！见到玛拉，罗依兴奋得不能自持，玛拉百感交集，号啕大哭。

罗依将玛拉带回了自己的家乡，然而玛拉却觉得自己再不是从前的那个玛拉，最终留下一封道别信，感谢他的爱，然后离开了罗依家。悲痛的罗依追到伦敦，下决心要永远找她。然而，他找遍了各个可能的地方，都不见玛拉。

这时，玛拉正在滑铁卢桥上。一队军用卡车隆隆开来，玛拉向一辆飞驰的军车走去，苍白的脸在车灯的照射下美丽而圣洁。在群众的惊叫声、卡车的刹车声中，玛拉结束了生命，手提包和一只象牙吉祥符散落在地上。

“世间自是有情痴”，这个世界上有多少人为爱而痴狂，有多少人为爱而迷醉，这些至诚种子，他们活在自己简单而快乐、对爱情至死不渝的世界里，如柳永之“衣带渐宽终不悔，为伊消得人憔悴”，如欧阳修之“独立小桥风满袖，平林新月人归后”，他们近乎固执的对爱情的坚守成了一段段传世佳话。

元好问有一首颇为有名的作品，叫作《摸鱼儿·雁丘词》，它因开篇的两句而流传于世：

问世间，情是何物，直教生死相许。
天南地北双飞客，老翅几回寒暑。
欢乐趣，离别苦，就中更有痴儿女。
君应有语，渺万里层云，千山暮雪，只影向谁去。
横汾路，寂寞当年箫鼓，荒烟依旧平楚。
招魂楚些何嗟及，山鬼暗啼风雨。
天也妒，未信与，莺儿燕子俱黄土。
千秋万古，为留待骚人，狂歌痛饮，来访雁丘处。

▶《维摩演教图》（局部一）传北宋·李公麟　纵34.6厘米 横207.5厘米
北京故宫博物院藏

《维摩演教图》传为北宋李公麟所绘。此图取材于佛教《维摩诘经》，描绘的是装病在家的维摩诘向奉佛祖释迦牟尼之命前来探病的文殊菩萨宣讲大乘教义的场面。全图意在表现维摩诘所具有的高深机智及其对佛教教义的巧思善辩。画中维摩诘坐于锦榻之上，精神矍铄地谈论教义，对面的文殊菩萨脚踩莲花，双手合十，对维摩诘的说法心悦诚服。画幅中部绘天女故意往大弟子舍利弗身上撒沾衣不坠的花瓣，令躲闪不及的舍利弗连忙振衣抖拂。维摩诘见此当即指出佛教应该视万物皆空的教义实质。

▶《维摩演教图》（局部二）传北宋·李公麟　纵34.6厘米 横207.5厘米
北京故宫博物院藏

是的，问世间，情为何物，没有人能够说得清，即便最伟大的语言学家，最伟大的心理学家，最伟大的人类学家，他们一起，也解释不了这奇妙的感情。

一下子讲了这么多有关蓝桥的故事，我只是想说，浪漫的爱情有着各自的浪漫，不幸的爱情有着相似的不幸。

还是回到东坡的故事里，我们看他的这首《南歌子·寓意》：

> 雨暗初疑夜，风回忽报晴。淡云斜照著山明。细草软沙溪路、马蹄轻。
>
> 卯酒醒还困，仙材梦不成。蓝桥何处觅云英。只有多情流水、伴人行。

漫天的风雨劈头盖脸地下着，暴风雨简直把天地都刮得像黑夜一般暗淡了，虽是白天，仍让人心中疑惑是夜里。不久又蓦地放晴，一阵春风把乌云吹散，淡淡的云朵飘落到山顶，山的棱角也渐渐地明朗起来，骑着马儿走在软沙路上，马蹄轻快地踏着步子，好不轻松愉悦。

可是，卯时饮过酒的东坡尚未完全清醒过来，醉里所做的缥缈的奇妙仙梦却断断续续，不能一气呵成，未免令人懊恼。

东坡就这样骑着马晃晃悠悠地走到一个桥头，又困又渴，想找个地方讨碗水喝，于是下马，触景生情地联想到裴航经过蓝桥口渴求浆遇见仙女云英的传说，他难以抑止胸中的感情，相似的境况，而我的“云英”又在哪里？

挟飞仙以遨游，是多么可望而不可即。

眼前所见的，只是滚滚逝去的流水罢了。

或许，流水也是有情的吧，因为此时此刻，只有它在默默地陪伴着我。

抑或是，我在自作多情……

东坡已经厌倦了宦海的起起落落，浮浮沉沉，不如归去，不如归去。可是，归，又能归向哪里呢？人毕竟只是肉体沉重的人而已，比不得神话传说，“我欲乘风归去”而不得，即便得以实现，怎奈“又恐琼楼玉宇，高处不胜寒”！

官场的尔虞我诈，政治的钩心斗角，世间的人情冷暖，就像这暴风雨一样，把天地都冲刷得黑暗了。

虽然我落笔便能绘出一幅清丽优美的山水人物图，可是我心中的对于现实的失望，我心中这难以言喻的忧伤，又怎么能绘得出呢？

即便绘得出，有人愿意来读，并且读懂……

“只有多情流水、伴人行”，恰似李煜笔下的“问君能有几多愁？恰似一江春水向东流”。

原来空对流水的惆怅，落寞难言，也是一种说不出的无奈。

我想逃避这世间的纷扰，羽化而登仙，毕竟这超脱世界的理想在现实中终是寻而不得，孤寂，落寞，凄婉。

那么还是直面现实的人生吧。

有时候越是情深，表达出来的感情越是清淡。

相顾无言，惟有泪千行

想起张信哲的一首歌词《回来》：“我们再也回不去了，对不对？就算曾经几乎拥有幸福的完美。你的心回不去了，对不对？你要的，再也不是我能给。我们再也回不去了，对不对？眼看就要让满心遗憾，为爱受罪。你的心回不去了，对不对？不能去怪谁，顶多只能掉眼泪……”

不知道作词者曾经是否看过东坡的这首《江城子》，虽然一指生离，一为死别，但是作为恋情本身的意义而言，其理相同，其情相通。事实往往不在于谁在放弃，谁能坚持，终究在于姻缘天定。面对命运的突变，宛若直视流星的划过，眼睁睁地看着它向你袭来，却无能为力——只能在偶尔追忆的时候，才依稀记得那个轨迹的弧度好美。老年的人，往往就依靠这样美丽而酸涩的回忆，度过余生。

相顾无言，并不是无话可说，而是心里的话太多，却不知从何说起。所以只能相望，以泪水来诉说心事。与“执手相看泪眼，竟无语凝噎”有异曲同工之妙。

那个深情的男人昨晚又做梦了，梦到了一直思念的王弗，她站在他面前微笑，东坡想说点什么，可是却发不出任何的声音，只能看着她渐渐地远去，消失在他的眼前，他手足无措，默默流泪，直到哭醒于黎明时分。

他看着窗前的那个梳妆台，镜子里没有了她的身影，默默无言，他对着镜子说：“娘子，你知道吗，你走了之后，我每天都梦见你，梦见你坐在梳妆台前，每次你都会回头朝我笑，可是你总是不说话，从来没有说过一个字，而我也是，从来没法开口发出一点儿声音，就像昨晚一样。”

“还记得那时候我们刚成亲不久，每天起床后你总是喜欢坐在铜镜前梳妆打扮，而我总是喜欢站在你身边，或是看着你，或是为你画眉。可惜好景不长，短短几年，这些就成了往事。”

“时间过得真是快，年复一年，转眼已经过去十余年了。谁承想那年你会生病，为夫最终还是失去了你，如今我日夜思念，只为能在梦中与你相遇，但却还是十余年没能跟你说上一个字。”

他拿起桌边的酒，又喝下一大口。“娘子，你在那边还好吗？我很想你，真的很想你。”苏东坡低语着，除了爱意还有思念。

这是一种怎样浪漫的情怀，如此的温柔、婉约，和我心目中的苏东坡有了很多不同。习惯了在提到苏东坡时想到那首《念奴娇·赤壁怀古》，习惯了脑海中浮现出“大江东去，浪淘尽，千古风流人物”的宏伟意象；习惯了“竹杖芒鞋轻胜马。谁怕。一蓑烟雨任平生。”的淡泊宁静、潇洒从容。所以看到这首词时，不免有些意外。“无处话凄凉”似乎是那“夜吟应觉月光寒”的夜吟难寝的李商隐的句子，而这句“相顾无言，惟有泪千行”更似乎是风流多情的柳永之作。苏轼，也向我们展现了他这位“豪放派”词人的婉约情怀。

看过太多童话里完美的爱情，英俊帅气的王子一生只会为一位美丽善良的公主守候，再多一个人便是畸形，总会称赞传说中忠贞不渝一生只爱一个人的勇士，可是现实是公主和王子都已渐行渐远，传说中的勇士也总是被铁链锁住禁锢此生。苏轼写《江城子》时，王弗已死去十年，与王闰之也幸福美满地生活了几年，但这并不能说明他已然忘了王弗，亦不能说明他对王闰之不忠。爱是永远，爱不会消散，爱会转化为浓浓的亲情，相濡以沫生死与共，在心里留着她的位置，在人去楼空之后化为内在的怀念，这是爱的另一种形式。后来人的影像与前人也不重叠，各有各的位置，这是爱的豁达。所以他十年后还记得她在小轩窗下梳妆的情形，纵然暗自垂泪，无处话凄凉。王闰之同样可敬，在堂姐死后嫁给自幼倾敬的姐夫，默默陪伴二十多年。爱，就是要让对方感受到爱中的自由自在，亦是对爱最崇高的敬重。

我相信，这就是爱情，爱情本身就是一种奇迹，带给相爱之人的将是一种永恒。什么样的爱情才能足够？我们欢乐地度过每一天，永恒的爱，无限的情，难道还不能满足？为什么要离开呢？你被召唤进天堂，从此我只能独自在窗前眺望，我知道，你正在天上看着我，闪闪的星星就是你的眼睛。

有人告诉我，流星会有求必应，我在这星空下许愿，我在星空下等待，等待能有一颗星星会被我感动，它可以划破那寂寞的夜空，带着我一同降落到你的梦里。我在哭泣，因为我在想着你。

这是一个让人心痛的季节，虽然人间如画，可是留给我的是一种孤独，不知道你是否记得我们相邀远游的日子、夜晚的携手。可是现在，我们一个天上，一个地上，难道是上天对我们的惩罚吗？

忘记是一个很痛苦的过程，你留给我的是美丽的记忆，让我怀念你给我的一切情意。美好的时光总是很短暂，你就悄然离去，什么也没有留下，就好像没有爱过一样。有些事，我们明知道是错的，也要去坚持，因为不甘心；有些人，我们明知道是爱的，也要去放弃，因为没结局；有时候，我们明知道没路了，却还在前行，因为习惯了。

我问天上的星辰，你在哪里，星辰没有回答，因为我在哭泣，我也不语，因为我还在想你。这样无眠的夜晚，我只能说一句：“你在那里还好吗？”

爱情和情歌一样，最高境界是余音袅袅。最凄美的不是报仇雪恨，而是遗憾。最好的爱情，必然有遗憾。那遗憾化作余音袅袅，长留心上。最凄美的爱，不必呼天抢地，只是相顾无言。我们一生之中，要牢记和要忘记的东西一样多。记忆存在于细胞里，在身体里面，与肉体永不分离，要摧毁它，等于玉石俱焚。

苏东坡用了十年都舍弃不下的，是那种相濡以沫的亲情，他受不了的不是没有了轰轰烈烈的爱情，而是少了相濡以沫的她。在梦里看见的也是那些琐碎的片段，在那些琐碎的片段里，凝结着挥之不去的亲情。红尘之中爱的最高境界是什么？执子之手是一种境界，相濡以沫是一种境界，生死相许也是一种境界。在这个世界上有一种最为凝重的、最为浑厚的爱，那就是相依为命。那是日久天长的爱的渗透，那是奉献给彼此生命中的温暖。

爱，为什么能够如此深沉，生死以之？我从陆游“一树梅花一放翁”的诗句中似乎得到一丝感悟：陆游和唐婉的夫妻情爱，虽说在现实世界中存续的时日不多，却早已经一点一滴地“转存”到了各种有情万物之中，恰似把真情实爱存入了瑞士银行，可以稳稳地收取利息。人间的万事可以消磨殆尽，而情爱的清香却历久弥新。

天涯流落思无穷

故乡，是身在他乡的人们所永远眷恋着的地方，故乡的山，故乡的水，故乡的云，想起来时都是那样的亲切，然而，虽亲切却总是遥不可及。又因为这遥不可及，对故乡的眷恋于是更加浓厚了。

故乡这个词对苏轼来说又别有一层滋味。苏东坡的故乡虽然是四川眉州，然而这一生漂泊，几处地方对他来说，怀有比对家乡还浓的感情，比如徐州。

在他的儿子苏迈成婚后，苏东坡携眷东行，到徐州上任。

徐州，有着苏东坡颇为喜爱的自然风光，不仅由于江南的景色怡人，空气湿润，还有一个原因：鱼与螃蟹的种类繁多，这给对美食有着独到品位的苏东坡以莫大的口福。

东坡一度称之为“小住胜地”。

然而，今天东坡却又不得不离开，这虽曾小住，却留下无限可眷恋时光的鱼肥水美的胜地。东坡对它怀有深切的感情。人，相逢，匆匆；地，依旧，相逢，匆匆。

还记得那年的八月，东坡来到这里，上任三个月之后，洪水到了徐州。王安石以前曾设法疏浚过黄河水道，但是花费甚多，工程最后竟还是以失败告终。黄河现在是在徐州以北约五十里处向东方决口，水势开始蔓延，淹没了几百里。

当时水到徐州城边时，水深达到两丈九尺，水位一度超过了徐州城内的街道。东坡和百姓一起治水，有几十天未曾回家过夜，住在城墙上临时搭建的棚子里，监督加强外圈的城墙。当时徐州城里富有的人家都纷纷逃难去了，他在城门口，苦苦地劝他们不要走，以免其他百姓人心惶惶。他又去军营见指挥官，恳求他们帮助来治水，东坡当时下定决心要保住徐州城。

洪水威胁徐州城四十五天。在那年的十月初五，洪水开始撤退了。

徐州城里的百姓欢天喜地，感谢苏东坡。东坡又上书朝廷，请求拨款，重建更牢固的城墙，以防患于未然。

这样，在徐州城东南，人们建起了一条木坝。

在外围的城墙上，苏东坡又特意兴工建筑了一座楼，一百尺高，称作“黄楼”。

后来，“黄楼”一词成了东坡在徐州所作诗歌总集的名称，正如在密州建筑的超然台，成了在密州所写诗集的名称一样。

东坡的名气一天比一天大，远近鸿儒都渐渐知道了这位大家。欧阳修去世之后，文坛盟主之名就落到了苏东坡的头上。文人儒生都以“夫子”称呼他。在来徐州之前，东坡遇到了后来被称为“苏门四学士”中的两个：在淮扬与张耒相识，在杭州附近结识晁补之。后来见到了秦观，他也是一位才子，风流潇洒，当时尚未应科举考试，没有功名，然而却是文采斐然。他当时见到苏东坡说：“生不愿封万户侯，但愿一识苏徐州。”他把东坡比作“天上麒麟”，又说：“不将俗物碍天真，北斗以南能几人？”

一直以来，人们说：文人相轻。

那时因为这些互相轻慢的文人不过是棋逢对手，便谁也不服谁。但是，如果你的优秀足以将别人远远地抛在后面，令其望尘莫及，这样的距离，“文人相轻”，也没有了什么存在的意义。

因为相距太遥远，便没有人再会去攀比。

由于东坡为人风趣且才华横溢，在他居住在徐州的这些日子里，好多友人专门赶来和他相聚，饮酒唱和。

天下没有不散的筵席。这一年的三月，苏轼要从徐州调到湖州了。他这时会想到什么呢？黄楼？东风？清酒？朋友？

想到了李商隐的那首《无题》：

相见时难别亦难，东风无力百花残。春蚕到死丝方尽，蜡炬成灰泪始干。

晓镜但愁云鬓改，夜吟应觉月光寒。蓬山此去无多路，青鸟殷勤为探看。

在茫茫人海中，遇到几个知心的朋友是那么难得，见面的机会越来越少，所以分别时更是难舍难分，况且这东风将收的暮春天气，百花残谢，更加使人伤感。春蚕结茧到死时丝才吐完，蜡烛要燃尽成灰时像泪一样的蜡油才能干。苏轼自己对徐州这座城和朋友们的思念，或许也是这样，如同春蚕吐丝，到死方休。将积郁的愁思注入即事即地的景物之中，抒发了作者对徐州风物人情无限留恋之情，并在离愁别绪中融入了深沉的身世之感。

如今这些曾在徐州城里的朋友都将离我远去，茫茫人海，此去经年，不知何时何地才能与你们再度相见。没想到去年中秋节时写的一首诗结尾却不小心一语成谶：

南都从事莫羞贫，对月题诗有几人。明朝人事随日出，恍然一梦瑶台客。

于是苏轼作了这首《江神子·恨别》：

天涯流落思无穷。既相逢。却匆匆。携手佳人，和泪折残红。为问东风馀几许，春纵在，与谁同。

隋堤三月水溶溶。背归鸿。去吴中。回首彭城，清泗与淮通。寄我相思千点泪，流不到，楚江东。

思念不止，眷恋之深，或许终其一生都将处于思念中，相会无期。前途是无望的，因此，自己的痛苦或许也将终生相随。离愁别恨，是怎样一种落寞的情绪，多情自古伤离别，对于苏东坡这样的至诚至情人，更刻骨铭心。三月的徐州，春意盎然，然而，“春风知别苦，不遣柳条青”，怎能不令人伤怀？

天涯流落，愁思茫茫，无穷无尽。苏轼外任多年，类同浮萍，亦自视天涯流落之人。他在徐州仅两年，又调往湖州，南北辗转，这就更增加了他的天涯流落之感。天涯流落思无穷，饱含着诗人对突然调离徐州的感慨。“既相逢，却匆匆”一句，转写自己与徐州人士的交往，邂逅相逢的喜悦，骤然分别的痛苦，得而复失的哀怨，溢于言表。“携手”两句，写他永远不能忘记自己最后离开此地时依依惜别的动人一幕。“携手佳人”，借与佳人乍逢又别的感触言离愁。“和泪折残红”，写作者面对落花，睹物伤怀，情思绵绵，辗转不忍离去。由残红而想到残春，因问东风尚余几许，感叹纵使春光仍在，而身离徐州，与谁同春！

浩荡的悲思注入东去的三月隋堤那“溶溶”春水中。春光明媚，鸿雁北归故居，而自己却与鸿雁相反，离开徐州热土，南去吴中湖州。苏轼显然是把徐州当成了他的又一个故乡，而自叹不如归鸿。

这片留下我太多难忘足迹的土地，我不忍离开，而现实偏偏无情，不得不背鸿而去，故于途中频频回顾，直至去程已远，回顾之中，唯见清澈的泗水由西北向东南，向着淮水默默流去。看到泗水，触景生情。

怎奈楚江（指泗水）东流，相思难寄，怎不令人怅然若失！托淮泗以寄泪，感情沉痛、怅惘，读之令人肠断。

别泪千点因春水“溶溶”而愈见浩荡，犹如一声绵长的浩叹，久远地回响在读者的心头。

芳心千重似束

在元祐五年（1090年）的时候，那年的五月初五，东坡和杭州的几个朋友一起在西湖湖心岛上观看龙舟赛，之后又一起去万顷寺聚会，一起来欢度这一中国传统佳节。那个湖心岛四面环水，环境非常清幽，烟波浩渺，远远看去简直就像是浮在水面上的一颗晶莹剔透的珍珠，也有人把它称为蓬莱仙境。

在席上，主人和客人们都纷纷就座，这时，歌伎们也开始纷纷登场了。有劝酒的，有弹唱的，有伴舞的，非常热闹。然而，众人所关注的那位面容姣好、天资聪慧的秀兰姑娘却还是没有到场。因为秀兰在歌伎中，不仅相貌好，而且活泼，善解人意，所以在座的人们都知道这位姑娘，并非常喜欢。现在，秀兰没有来，自然这宴会就显得少了些什么。于是，东坡就派人去找秀兰。

过了好久，秀兰还是到了。她向东坡请了一个安，道："大人，秀兰来迟了。"

"秀兰姑娘，为什么这么晚才到呢？"

秀兰微微一笑，有点害羞，缓缓地答道："不瞒您说，今天我一个人在院中，觉得无聊得很，天气又闷热，于是便冲了个凉，在床上躺着躺着不知道怎么回事竟然睡过了头。梦中听到敲门声，一下子想起来可能是大人您派人来催我了，于是就赶忙梳妆打扮赶了过来，可还是来迟了……"

东坡听秀兰说得合情合理，也就算了。可是，坐在一旁的车通判却不依不饶，冷笑着说道："分明是与意中人幽会，还编出这么一段故事来骗大家，嗯？"

秀兰听了车通判的话，心中不禁一阵委屈，眼泪也止不住地流了下来，强辩说根本不是这样的。可是，不管秀兰怎样解释，车通判就是不听，一口咬定她是与意中人约会去了。这时候，正是石榴花开的时节，秀兰便顺手摘了一枝鲜艳的石榴花送给了车通判。想不到，这一举动不知怎么竟更激起了车通判的怒火，他指着秀兰就骂了起来。

也许有人会问，为什么会这样呢？不至于吧，仅仅是来晚了一会儿而已。原来，车通判也很喜欢秀兰，但曾被秀兰一拒再拒，所以本就一腔怒火，今天终于忍不住发泄出来了。

东坡看到眼下这样尴尬的情形，马上出来打圆场说道："各位听我说几句，听我说几句。今天是什么样的日子呢？"众人异口同声答道："端午佳节啊。"

"是端午佳节，那么我们就应该快快乐乐地度过才对嘛，刚才秀兰姑娘迟到了，我们罚她唱一支歌来怎么样？"

"要唱就唱支新歌。"车通判有意为难秀兰。

"对，要唱支新的。"东坡也附和着说，说话时自己的脸上露出一丝自信的微笑，"现在，请大家先喝酒，我这就填一首词来请秀兰唱。"

这位大词人又要作词了，大家当然兴奋不已，纷纷叫好，拍手赞成。刚刚的气氛立刻烟消云散，宴会上的空气重新热闹起来。喝酒的喝酒，聊天的聊天，划拳的划拳。

不一会儿工夫，东坡的词已经填好了，就是那篇著名的《贺新郎·夏景》：

乳燕飞华屋。悄无人、桐阴转午，晚凉新浴。手弄生绡白团扇，扇手一时似玉。

渐困倚、孤眠清熟。帘外谁来推绣户，枉教人、梦断瑶台曲。又却是，风敲竹。

石榴半吐红巾蹙。待浮花、浪蕊都尽，伴君幽独。秾艳一枝细看取，芳心千重似束。

又恐被、秋风惊绿。若待得君来向此，花前对酒不忍触。共粉泪，两簌簌。

那一天，堂前的乳燕飞来飞去，一会儿落在房檐底下，大燕儿不知从哪里衔来小虫，在窝里细细地喂着小燕，一会儿，燕儿们又叽叽喳喳地飞出去了。长廊里静静的，静静的，阳光很好，洒在台阶上，洒在院子里，树荫落在屋前。这正是午后，人们都躲着这午后的阳光，懒洋洋地在屋子里的凉席上睡去了。到了傍晚，梧桐树的叶子也在哗哗地响着，听起来让人感觉很舒服，似乎也凉爽了许多。那时你手里摆弄着一把小小的白色生绡做成的团扇，那纤纤的素手就像一片精致的美玉一般。

渐渐地，你困了，独自倚在床旁睡着了。不一会儿，蒙眬中仿佛有人掀开珠帘，敲打门窗，不由得引起你的一阵兴奋和期待。可是从梦中惊醒，却只听到那风吹翠竹的萧萧声，等待你的仍旧是一片寂寞。这种幽静的环境里，由期望转为失望怅惘，是多么令人心伤的一件事情。

东坡写到这里时，微微地叹了一口气，然后眼睛看着那院子里的草木，若有所思。

那石榴花婀娜多姿的样子简直有西子含颦的风韵，耐人寻味。美人啊，你是否不去理睬那些争艳的桃李，而独立于群芳之外，坚定不移地抱着那颗伴我终老的心呢？

美人终究会有迟暮的那一天，或许，我们因什么而不能在一起，或许，当有一天我再来到你的面前，你已经老去，恐怕那时我要伴着这花儿，它簌簌凋零，我簌簌泪落……

在座的宾客无不为这首词动容，渐渐地安静下来。不久，又连连不绝地为这词而赞叹不已，不仅是因为秀兰唱得好，更是因为歌词写得好。东坡的词完全是按照刚刚发生的故事来构思的，然而在东坡的加工下却别有一番神韵。寓意深刻，又含有奉劝的意味，真是妙不可言。

大家都这样赞叹着，而车通判也自知无趣，不敢再说什么。

“芳心千重似束”，这让我想起了仓央嘉措，另一个至情种，以及他那首脍炙人口的诗：

那一夜，我听了一宿梵唱，不为参悟，只为寻你的一丝气息。
那一月，我转过所有经轮，不为超度，只为触摸你的指纹。
那一年，我磕长头拥抱尘埃，不为朝佛，只为贴着了你的温暖。
那一世，我翻遍十万大山，不为修来世，只为路中能与你相遇。
那一瞬，我飞升成仙，不为长生，只为佑你平安喜乐。

“自惭多情污梵行，入山又恐误倾城。世间哪得双全法，不负如来不负卿”？三百多年前，这位年轻多情的六世达赖喇嘛仓央嘉措，从心底轻轻吟出了这充满矛盾的诗句。他的欢乐与痛苦，无不与他的取舍紧紧相连。但无论偏向哪边，他的生命都注定无法圆满。即使是贵为西藏地区的达赖喇嘛，仓央嘉措仍要为他的矛盾与取舍付出代价。

正如一位网友在帖子里感叹：如此高贵的地位，却换不来简单的爱情。

天涯何处无芳草

元丰三年(1080年)五月下旬，王朝云与苏家老小在苏东坡的弟弟苏辙的护送之下，来到了黄州。十个月不见，王朝云眼见苏东坡憔悴的模样，心中痛极了……她对苏东坡无微不至的体贴关怀，苏东坡自然心领神会，看着亭亭玉立、日渐成熟的王朝云，他也生出了爱慕之情…… 就在苏东坡人生旅途最为艰难的时期，征得王闰之的同意，他将十八岁的王朝云正式接纳为侍妾。

“无情未必真豪杰”，是真挚的情爱时时温暖着苏轼这位词圣的心，使他在困境中能坚持操守。苏轼品尝到了爱的甘霖，对真挚的情爱亦赞美有加。

当年七月初七之夜，苏东坡携王朝云同游黄州朝天门楼。眼见一轮新月高挂天边，苏东坡诗兴大发。他笑问王朝云：“如此乞巧良夜，你最大的心愿是什么呢？”

朝云深情地回答道：“天下女子在此夕皆向织女乞求才智技艺，但妾身却只想祈求与先生永不分离，再也不受那提心吊胆的别离之苦。”

苏东坡被王朝云的真情感动了。回想一年前，自己在湖州被捕，确实给家人带来了许多的痛苦。那一天，他就在楼头上，即兴吟出《菩萨蛮·新月》词，记下了王朝云那发自内心的淳朴的表白：

画檐初挂弯弯月。孤光未满先忧缺。遥认玉帘钩。天孙梳洗楼。

佳人言语好。不愿求新巧。此恨固应知。愿人无别离。

苏轼的文学天赋令人叹为观止，同时，也培育了他对男女情爱的敏感和灵性，在他的心目中，有一方情的天空。在情天词海中徜徉，他的词愈显灵秀和瑰丽。也因为情的加入，以豪放著称的苏轼，也常有清新婉丽的诗词。

苏轼被贬到惠州时，亲人离散，只有朝云一直相随。赴惠州时，苏轼感慨万千地写了一阕《蝶恋花·春景》：

花褪残红青杏小。燕子飞时，绿水人家绕。枝上柳绵吹又少，天涯何处无芳草。

墙里秋千墙外道。墙外行人，墙里佳人笑。笑渐不闻声渐悄，多情却被无情恼。

残红褪尽，青杏初生，这本是自然界的新陈代谢，但让人感到几分悲凉。睹暮春景色，而抒伤春之情，是古诗词中常有之意，但东坡却从中超脱了。东坡将视线离开枝头，移向广阔的空间，心情也随之明朗起来：燕子飞舞，绿水环抱着村上人家，本就是一片春意盎然。有人说，用别人常用的意象和流畅的音律把伤春与旷达两种对立的心境化而为一，恐怕只有东坡可以从容为之。

枝上柳絮已被吹得越来越少，絮飞花落，最易撩人愁绪。这一“又”字，看得出东坡看絮飞花落非止一次。伤春之感，惜春之情，见于言外。然而，天涯何处无芳草，落笔陡然一转，反而又是一派达观的自信，强自振奋。“枝上柳绵吹又少，天涯何处无芳草”，直教人联想到李白的“天生我材必有用，千金散尽还复来”。

那绿水人家的墙里秋千在吱吱呀呀地荡着，未见芳踪，只能听见荡秋千的女孩子的笑声。

然而，一堵围墙，挡住了视线，却挡不住青春的美，也挡不住人们对青春美的向往。同样是写女性，苏东坡一改“花间派”的“绮怨”之风，情景生动而不流于艳，感情真率而不落于轻，难能可贵。

后人赞赏苏东坡，我想，不仅仅是赞赏他的才华横溢，恐怕更是折服于他那坎坷的人生中任尔东西南北风的自信，而这自信当中，古往今来又有几人能体会出他曾一度矛盾痛苦和思想的悖论呢？“多情却被无情恼”，不仅写出了情与情的矛盾，也写出了情与理的矛盾。佳人洒下一片笑声，杳然而去；行人凝望秋千，空自多情。词人虽然写的是情，但其中也饱含着人生哲理。

在江南暮春的景色中，作者借墙里、墙外、佳人、行人，一个无情，一个多情的故事，寄托着他充满矛盾的对于人生悖论的思索。

苏东坡写完了这首词，有一天，与朝云一同闲坐。落木萧萧，凄然有悲秋之意，东坡命朝云唱“花褪残红”。朝云歌声婉转，泪满衣襟。苏东坡问她原因，朝云回答说：“我所不忍唱的，是‘枝上柳绵吹又少，天涯何处无芳草’这一句……”东坡大笑说：“我是仕途失意正悲秋，而你又伤春了。”于是作罢。

朝云到惠州不到两年就病逝了，苏轼万般悲伤，不仅写了墓志铭，还写了几首诗词悼念她。

然而，若论感情方面，苏东坡却也名副其实地可以高歌“天涯何处无芳草”，不论他走到哪里，不论他是春风得意还是官场失意，他那脍炙人口的词，处处都博得众多人对他的仰慕，其中也不乏痴情女子。

苏轼任杭州通判时，有一天与朋友在西湖饮酒赏玩，这时一抬头望见远处驶来一条彩舟，舟上有一位三十余岁的女子，脸上的粉妆淡淡的，然而非常美丽。这女子到了苏轼他们的船前道：“小女子自幼就风闻苏大人的高名，听说您今天来游西湖，特意赶来，也不怕公公婆婆怪罪我不守妇道。今天见到您，真是很荣幸。没什么可以代表我的仰慕之心的，小女子善于弹筝，今天就让我为您弹奏一曲吧。”说罢，她弹奏了一曲凄婉如诉的乐曲。其外表风韵的娴雅和弹筝技艺的高超，使在座的苏轼等人都为之动容。她献完这支曲子，很诚恳地对苏轼说：“今天能见苏公之面，三生有幸。只求您赐我一首小词，可以作为我终生的荣耀，不知您能否允诺？”苏轼不好驳她的盛情，当即作词一阕《江神子·江景》：

凤凰山下雨初晴。水风清。晚霞明。一朵芙蕖，开过尚盈盈。何处飞来双白鹭，如有意，慕娉婷。

忽闻江上弄哀筝。苦含情。遣谁听。烟敛云收，依约是湘灵。欲待曲终寻问取，人不见，数峰青。

词的结尾以无声胜有声，令人回味无穷。这让人想到了唐代白居易的《琵琶行》：

浔阳江头夜送客，枫叶荻花秋瑟瑟。
主人下马客在船，举酒欲饮无管弦。
醉不成欢惨将别，别时茫茫江浸月。
忽闻水上琵琶声，主人忘归客不发。
寻声暗问弹者谁，琵琶声停欲语迟。
移船相近邀相见，添酒回灯重开宴。
千呼万唤始出来，犹抱琵琶半遮面。
转轴拨弦三两声，未成曲调先有情。
弦弦掩抑声声思，似诉平生不得志。
低眉信手续续弹，说尽心中无限事。
……

同样是忧国忧民的忠义才子，在政治上同样遭到不公对待，同样泛舟江上，同样触景生情。把歌咏者与被歌咏者的思想感情合二为一，说你也是说我，说我也是说你，命运相同，息息相关。

同是天涯沦落人，相逢何必曾相识。

惟有佳人，犹作殷勤别

爱美之心，人皆有之。在一千年前的时候，官家的酒筵与歌伎相往还，是宦海生活的一部分。歌伎在酒席上招待客人，适时敬酒，为人们拨弦歌唱。她们之中还有一部分颇有天赋，那些会读书作诗善歌舞的，多为文人墨客所罗致，然而也不乏沉溺于其中不可自拔的才子，从此失去了写诗的才气。

朱熹曾感叹地写下七绝："十年浮海一身轻，归对梨涡却有情。世上无如人欲险，几人到此误平生。"

可是，终究，这评价还是冤枉了美人，就像那"红颜祸水"的罪名，一代代地被扣在了国色天香的美人头上，想想，如果不是那些男子的沉溺，仅凭那一个弱女子，她能将国家如何呢？

"生怕情多累美人"，不是每一个文人墨客都有这样的体谅。

回过头来看我们的主人公苏东坡的一生，每每遇到有歌伎的酒筵时，都是欣然参与，决不做作地退避。慕其大名的歌伎往往求诗词于他，东坡十之八九会毫不迟疑地执笔写在披肩执扇上。1074年秋，那一天，当他离开杭州赴密州，途经苏州时，又有歌伎守在阊门出城处，为他设宴饯行。

"大人，此日您这一离去，不知道什么时候会再回来？"

"哈哈，我也是身不由己啊，也许很快就会再回到这里看一看，也许真就回不来喽。"

"大人，我有一个小小的请求，有点冒昧，不知您是否可以答应我呢？”

“哈哈，想要一首好词吧？等着。”

稍稍考虑了不多时，东坡赋一首《醉落魄·忆别》送给她：

苍颜华发。故山归计何时决。旧交新贵音书绝。惟有佳人，犹作殷勤别。

离亭欲去歌声咽。潇潇细雨凉吹颊。泪珠不用罗巾裛。弹在罗衣，图得见时说。

陶渊明说：“羁鸟恋旧林，池鱼思故渊。”叶落归根，是每一个思乡的游子朝思暮想的心愿，狐死尚首丘，何况人乎？然而，东坡如今虽是苍颜华发，却不知回家的日子在什么时候，归乡看起来是那么渺茫，遥遥无期。曾经的友人们，现在大多已经没有了音讯，再无往来。因为反对王安石的变法，我在官场上磕磕绊绊地走着，“旧交新贵音书绝”，在我又一次遭贬的今天，只有佳人来殷勤地为我送别，比之那些树倒猢狲散的趋炎附势之人要强不知多少倍。

眼前，只有这位歌伎情意恳切，是可贵的知己。

送君千里，终须一别。歌声渐渐地变得哽咽起来，蒙蒙细雨，凉凉的，吹湿了面颊，眼泪止不住流了下来。十月的天气，风也转凉了，离愁也如这满天的细雨，纷纷扬扬，无穷无尽。

东坡劝佳人不用罗巾揾泪，任它洒满罗衫，等待再次相会时，以此作为贵相知心的见证。这既是劝慰佳人，也是自我宽解，此时洒泪相别，但愿后会有期。

纵观苏轼的一生，一直处于“欲仕不能，欲隐不忍”的矛盾中。自因反对新法而离京后，他郁郁不得志，思归故里之情更为迫切。

此时东坡会想到什么呢？

或许，他想起了自己那遥远的故乡。

东坡的故乡，有一条因其水色而得名的玻璃江。冬季，水色晶莹深蓝；夏季，急流的江水自山峦间奔流而至。坐在帆船上游玩，还可以见到蟆颐山临江而立。那小山丘下，稻田、果园、菜圃构成了广漠的平原，竹林与矮小的棕树点缀处处。自南方进入眉山镇，沿着那整洁的石板路走，便可到达城镇的中心，五六月间荷花盛放，花开朵朵，香气袭人。

或许，东坡想到了故乡的老宅，那里高大的梨树，可爱的池塘，碧绿的菜畦，那小园中繁多的果树，墙外翠绿翠绿的竹林。

据说，鸟飞千里最终尚且会返回自己的故乡，狐狸死后，头也一定朝着故乡的方向。东坡作为一位杰出的文人，飘零的一生浮浮沉沉身不由己，更不要说回故乡探望一下那里的亲人了。奢望，一切都已经成了奢望。那些平常人看来最最平常的事情，如今对他来说也已经远到可望而不可即。

什么时候才能再回去呢?

童年，是一个人时间上的“根”；故乡，是一个人空间上的“根”。当一个人流落他乡，受到不公的对待时，往往最容易产生思乡之情，于是，那些饱含深情的笔下营造着一个个不同的精神世界，寄托着自己的理想，寻找着灵魂上的“回家”的路。

同样，当一个人被曾经的朋友们疏离，或者故人远在他乡时，又是多么容易伤春悲秋。这时，出现一个人来殷切地关注，又将得到多么大的安慰。

当东坡少年时和子由嬉戏于故乡的墙角田园，当年轻的东坡和朋友们在水村山郭把酒言欢，那时是多么快乐，可是当时并没有觉察到那些日子的珍贵，现在想来，真是“当时只道是寻常”。

“当时只道是寻常”，这便不能不让人想到纳兰性德。

谁念西风独自凉，　萧萧黄叶闭疏窗，　沉思往事立残阳。
被酒莫惊春睡重，　赌书消得泼茶香，　当时只道是寻常。

无论是故乡情，还是爱情，抑或友情，莫不过如此吧。

人生几回伤往事，尤其是被贬谪之人在某时某地触景伤怀时，更容易对那似水流年的一去不返追怀。但是东坡那一天，好在还有佳人来送别，好在还有那么一个人，还在想着这位才子的离去，这不能不令东坡产生欣慰甚至感动之情。

张爱玲说：“长的是磨难，短的是人生。”是的，漫漫人生长路，不如意者十之八九，然而，若是路上遇到那么一两个知己，也不枉此生了，然而毕竟千金易得，知己难求，尤其是在落难之际，往往更容易看到人心如何。一个健康的人是很难体会生病的痛苦的，无论是自己曾经的，还是他人现在的，所以，在一个人困难之际，哪怕是那么一句微不足道的问候，那一个轻轻的微笑，都会给人以莫大的鼓励，何况这充满真情的依依送别呢？

惟有佳人，犹作殷勤别。东坡这一别离是落寞的，然而，东坡又是得到安慰的。

敲门试问野人家

芳草连远黛、清流渲翠峰，这样秀美的风景，总是千古文人侠客梦。文人，向往着那一方清幽的田园；侠客，向往着那一片隐逸的山谷。可是，他们所苦苦寻觅的，在普普通通的山野田间，在袅袅炊烟的乡村人家，却是平平常常的，所谓清风明月不用一钱买。

造物主很奇妙，创造了天地间一切生命，连同那远山群峰、山涧溪流和那巧夺天工的自然景色，令人惊奇，令人咏叹。

最接近自然的，不是那繁华的都市，而是那乡间田野，“茅檐长扫净无苔，花木成畦手自栽。一水护田将绿绕，两山排闼送青来”。

遥接陶渊明遗风的东坡，对于乡野田园的生活自然是喜爱有加，那美丽而朴实的小村庄，山清水秀，甜甜的泉水沁人心脾。

青山环绕，小桥流水的悠然自得，丰收的喜悦，哪一个不胜过那喧嚣浮躁的官场百倍？

其实，是生活选择了我们，还是我们选择了生活，这并不重要，重要的是对生活持有的态度。

这一天的午后，东坡在田间小路上往前走着，那飘下来的枣花，簌簌地落在了他的衣巾上，这声音是轻微的，可是心思细腻如东坡，还是会有觉察；这声音是琐碎的，可是诗意丰富如东坡，还是会去欣赏。

村南村北的缫车不停地响着，蔬菜丰收的季节，连空气都弥漫着那么一股子喜庆劲儿。

走了一村又一村，这时已是日高天热，人也走得口干舌燥，加上酒困，睡意也上来了，东坡不由得想起以茶解渴，以茶提神。

想想，也觉得有趣，东坡写了这样一首词：

簌簌衣巾落枣花。村南村北响缫车。牛衣古柳卖黄瓜。

酒困路长惟欲睡，日高人渴漫思茶。敲门试问野人家。

林语堂先生曾经总结苏东坡的人生说，他不仅是个秉性难改的乐天派，是杰出的散文作家，是新派的画家，是伟大的书法家，是酿酒的实验者，是工程师，是假道学的反对派，是瑜伽术的修炼者，是士大夫，是皇帝的秘书，是饮酒成瘾者，是心肠慈悲的法官，是政治上的坚持己见者，是月下的漫步者，是诗人，是生性诙谐爱开玩笑的人，更是悲天悯人的道德家，黎民百姓的好朋友。

东坡一直以来，都是为官一任，造福一方。百姓与他之间的感情，就像那农家酒一样醇厚。太守常常与民同耕，与民同乐，自是得到百姓的爱戴。

苏轼之所以能体验到农民的生活，当然离不开他自己农人一般的生活习惯。他在密州时能以野菜果腹，恐怕与他少时食“三白”的锻炼是分不开的。

东坡曾经这样解释“三白”说：“余兄弟在寒窗苦读时，日享‘三白’，食之甚美，不复信人间有八珍也。‘三白’乃一撮盐、一碟生萝卜、一碗饭耳！”

小的时候，东坡和弟弟并不缺衣少食，但也没有被宠为衣来伸手饭来张口的少爷，这些都为东坡后来安于清贫的生活奠定了基础。

或许有一部分原因是他一直过着俭朴的生活，才会在成年以后很自然地融入农家生活，使其与民同甘共苦也不觉得不习惯。

东坡亲自“敲门试问野人家”，恐怕欢喜地跑出来开门的百姓，会络绎不绝吧。

莫忘使君歌笑处

密州，这个小城在东坡心里的位置或许无人知晓。在他，可能只是漂泊沉浮中平平常常的一次经历，只是人生的一个驿站。然而，在中国的文学史上，在密州的历史上，却是不知该怎样言说的一种幸运。

熙宁九年（1076年）年末，东坡又开始他漂泊的生活，这一次，他被调离密州，奉命前往河中任职（后改知徐州）。苏轼在密州为官不过两载，却为解除黎民百姓之疾苦而竭尽其力，深受当地百姓的爱戴。

在他要离开的时候，当地的百姓遮道哭泣，苏轼洒泪离别。即使他离任的时刻，也还在牵挂着密州百姓。当时天正下大雪，他盼望来年的密州有个好收成。在依依不舍下，东坡作下这首《江城子》：

前瞻马耳九仙山。碧连天。晚云闲。
城上高台，真个是超然。
莫使匆匆云雨散，今夜里，月婵娟。
小溪鸥鹭静联拳。去翩翩。点轻烟。
人事凄凉，回首便他年。
莫忘使君歌笑处，垂柳下，矮槐前。

东坡或许是多虑了，像他这样一位无时无刻不心系百姓的好官，密州的百姓怎么会“忘使君歌笑处”呢？

或许是因为东坡对自己为官一任造福一方的目标要求得太高了些，所以，无论他已经做得多么好，总还是有许多地方自己并不十分满意。即使百姓都已经感恩戴德，他还是觉得自己做得不够好。临行前，他写了《和孔郎中荆林马上见寄》一诗给即将来密州接任的孔周翰，倾吐自己的心声：

秋禾不满眼，宿麦种亦稀。
永愧此邦人，芒刺在肤肌。
平生五千卷，一字不救饥。
方将怨无襦，忽复歌缁衣。
堂堂孔北海，直气凛群儿。
朱轮未及郊，清风已先驰。
何以累君子，十万贫与羸。
滔滔满四方，我行竟安之。
何时剑关路，春山闻子规。

不过，在密州，还有一处是他所牵挂的，离去的东坡此刻又想起了那超然台。唐代的诗人说：“黄鹤一去不复返，白云千载空悠悠。”这时的东坡感觉自己似乎就是那一只黄鹤，这一离开，不知道得什么时候再回来。再回来的时候，还会有这超然的心境吗？

离开这刚刚相识相知两年的密州的朋友和百姓，一时还真的缓不过这伤感的情绪。有不舍，有眷恋，有遗憾，有愧疚。或许离开这超然台，也会一不小心将这份超然丢掉，那时的开心再寻找，或许也不像曾经在这里那么便捷了吧？

总之，苏轼对前途，此刻看得并不是那么清晰，他也茫然，他也惆怅。毕竟，你我皆凡人。

俯仰半年离别

离别，是一个伤感的字眼。古人伤春悲秋，是不无道理的，可是这种“悲”，却也蕴藏着一种凄美。许多事情总是想象比现实更美，相逢如是，离别亦如是，当现实的情形不按照理想的情形发展，事实出现与心愿不统一的结局时，遗憾便产生了。遗憾可以彰显出悲壮之情，而悲壮又给后人留下一种永恒的力量，也许生活带走了太多东西，可是却留下片片真情。有人说，如果离别可以让你更好地记住我，那么，我喜欢离别。

生命只是沧海之一粟，然而却承载了太多的情非得已、聚散离合，不甘心也好，不情愿也罢，生活一直都是一个任人想象的谜，因为不知道最终的谜底，也只能一步步地向前走；也因为不知道谜底，所以对未来的生活，充满了更多的好奇，像是被前方的一个诱饵引导着。

好事近·送君猷

红粉莫悲啼，俯仰半年离别。看取雪堂坡下，老农夫凄切。

明年春水漾桃花，柳岸隘舟楫。从此满城歌吹，看黄州阗咽。

毫无疑问，苏东坡的一生是漂泊的一生，如浮萍，如蒲公英。和一个人，一个地方的伤别离，少则数月，多则十几年甚至几十年。所以在苏轼的作品中，送别诗词的出现便也不是什么新鲜事了。

时间如流水，匆匆淌过，不待人去抚留，不待人去追回。往往俯仰之间，半年就这样从指缝间溜走了。看看雪堂坡下，老农夫凄凄切切的一生，谁人不会油然生出一股惆怅之情呢？

明年春暖的时候，便是又到了桃花盛开的季节，杨柳岸边又将有江船停靠，别离的人们又将来到这里。从此，这城里又是一季的送别，又是一季的酒筵，又是一季的唱和，那时我们又将迎来一曲轰轰烈烈的离歌……

离别的时候，每一句话都是那么重，字字句句地扣打着我们的心。心门被敲开，感情的洪水泛滥。我们就这样想着那时的花开花落，那时的云卷云舒，那时的觥筹交错，那时的促膝谈心。我们回想着那时共同的快乐。离别的时候，每一句话又都是那么轻，轻到飘飘地就被清风吹散，一同散去的还有友人的陪伴。每一句话都有可能令人悲伤泪流成河。离别的时候，每一句话都显得那么珍贵，珍贵到千金不换。因为我们知道，也许这些话，以后的人生中都将有可能再也听不到。

朋友，我为你祝福。

写到这里，我想到了徐志摩。

1920年秋季，青年才俊徐志摩到了英国。本来是准备去那里拜剑桥大学的罗素为师，但他到了英国才知道，罗素已不在英国，而到中国讲学去了。而且，罗素因反对第一次世界大战而被剑桥大学除名。后来，徐志摩经英国作家狄更生介绍，才得以进入剑桥大学读书。

一天，他在英国哲学家罗素家中逗留一夜之后，事先谁也没有通知，一个人悄悄来到康桥找他的英国朋友。遗憾的是，他的英国朋友一个也不在，只有他熟悉的康桥在默默等待他，一幕幕过去的生活图景，又重新在他的眼前展现……由于他当时时间比较紧急，又赶着要去会见另一个英国朋友，故未把这次感情活动记录下来。直到他乘船离开马赛在归国途中，面对汹涌的大海和辽阔的天空，才展纸执笔，记下了这次重返康桥的切身感受。

于是，一首《再别康桥》，把徐志摩热烈、真挚、轻柔、细腻又略带飘逸的浪漫主义个性，做了充分展示，给后人留下了极其深刻的印象："悄悄的我走了，正如我悄悄的来；我挥一挥衣袖，不带走一片云彩。"

徐大才子的这首现代诗作为中国现代文学史上新月派诗的代表，感染着几代人。如今，无论是毕业季，还是其他怎样的场合，它从未被人们忘记。

《再别康桥》抒发的是什么呢？曾经有人用三句话概括：是一种留恋之情，另外的两种是惜别之情和理想幻灭后的感伤之情。意是主观思想感情；境是诗内描写的客观景物。何谓意境？是人物的主观思想感情和客观景物完美融合，且形成一幅具有个性色彩的艺术画面，即称为意境。

苏东坡的诗词向来不乏意境，无论是气势磅礴的"大江东去"，还是余音袅袅的"花褪残红青杏小"。写离愁别绪也往往充满了景物的动人烘托。然而，当我们仔细地品读东坡的那些写别离的诗词时，我们会惊讶地发现，他虽对事物与人都有着深深的不舍与留恋，却很少在诗词中出现"别离""伤感"之类的词。这是他人生的豁达之处，亦是他自我解压的一种方式吧。若人对生活一味地投入，从不跳出来看一看的话，实在是太累了。

懂了遗憾，就懂了人生，在经历以后，我们才会学到许多，明白许多，也成熟许多。人生之路，一定不会总有枝繁叶茂的树，鲜艳夺目的花朵，蝶飞蜂舞的美好景色，它一定也会有阻挡在前的高山和荒凉的沙漠；一定不会总有阳光照耀下缤纷的色彩，也会有阴天时的迷雾重重；生活不仅有灿烂的笑颜，还有无言的泪水，任谁也无法轻松地跨越。

懂了遗憾，就懂了人生，放下了，就释然了。未来不迎，当时不杂，既过不恋。

笑渐不闻声渐悄

随手翻看东坡的词集，又一次读到“花褪残红青杏小。燕子飞时，绿水人家绕。枝上柳绵吹又少，天涯何处无芳草”这几句，这一次，却是越过苏轼，想起了朝云。

那一年，东坡和朝云西湖初遇，此时的东坡被贬为杭州通判，是辅官，只负责审案，公务并不繁重。闲暇时，性好山水的他就和朋友一起游山玩水，饮酒赋诗。

生性潇洒而不拘小节的东坡，也乐于将日子在杭州的灵山秀水中优哉游哉地度过。一天，在和朋友一起的宴会上，他遇见了轻歌曼舞的王朝云。

她，那时还是一个未长成的小女孩，只有十三岁。因家境贫寒，自幼沦落在歌舞班中，虽身量不足，却别有一种自然的风流态度。

他，看得入神，这个女子仿佛在很久以前就见过。碍于身份又不好露得太明，只淡淡一笑置之，心思却有一缕总被绊住了，心有挂碍。

我总觉得东坡的那一眼，恰似宝玉与黛玉初相逢的一刹那。

后来的又一次游船饮宴，他又见到了她。

我想到了张爱玲的那一篇小文：

> 于千万人之中遇见你所遇见的人，
> 于千万年之中，
> 时间的无涯的荒野里，

没有早一步，
也没有晚一步，
刚巧赶上了。
那也没有别的话可说，
惟有轻轻地问一声，
噢，
你也在这里吗？

遇见你，是最美丽的意外。

这一次，他的一双眼再也离不开换成素妆的她。朋友看出门道来，叫他赋诗，他脱口而出：

水光潋滟晴方好，山色空蒙雨亦奇。
欲把西湖比西子，淡妆浓抹总相宜。

人们说，多情人总是要比无情人苦。多情人的心思往往是那么敏捷，他们善于对生活有所观察，有所感悟。这观察和感悟之中，有欢乐，也有痛苦，若是总的说来，似乎痛苦还要更多一些，只因他们是多情之人。天空被雷雨划破，他们眼中看到的是黑夜有了火；流星冲破了银河，他们看到的是愿望有了寄托。朝云，和东坡一样，也是一个多情之人，更是一个浪漫之人。

像东坡这样富有创造力，富有表现力，放任不羁的才子，令万众倾倒而又望尘莫及的人，是得很多佳人青睐的。然而，才华横溢万众敬仰的人往往又总是不容易被人理解的。否则像苏东坡这样的人物，怎么会吟出“多情却被无情恼”？对这样一个才子做解释，一般而论总是徒劳的。

只有朝云，她会理解。

如东坡，让人随便挑选他若干让人喜爱的地方，轻而易举。但若要发现那些诗词背后的忧愁，倒并不大容易了。

柳絮满天，芳草无际，最易撩人愁思，然而生活总是沉重的，关键看一个人以怎样的态度去生活。因为态度不同，所以有的人快乐，有的人痛苦不能自拔。

在生活最艰难困苦的时刻，如果可以坚强地走过去，往往会发现前方阳光一片灿烂，风景一片大好，正如诗人笔下的“山重水复疑无路，柳暗花明又一村”。枝上的柳絮被吹得四处飘零，似乎越来越少了，春意渐消，然而天下是那样广大，哪里寻不到那么一方鱼肥水美的芳草地呢？

“枝上柳绵吹又少，天涯何处无芳草”。你会想到什么呢，我会想到那句俗语：东方不亮西方亮。失意的时候，不必过度悲伤，不必一味哭泣。抬头望望天，阳光依然大好。低头看看河流，影子依然会诗意地飘摇。不顺总会过去，未来总将到来。如果一味地沉浸在失去星星的悲伤中，那你也将错过明天的太阳了。

此时经历了人生风风雨雨的苏东坡，在惠州的寓所里触景生情，然而，他表面似乎只是说天涯到处皆长有茂盛的芳草，春色无边，实则化用《离骚》“何所独无芳草兮，尔何怀乎故宇”之意，谓只要随遇而安，哪里不可以安家呢？

一个人只要有一个心灵的故乡，身边有一个挂念自己的人，自己有一个所爱的人，情意绵绵，你侬我侬，身在何方便已经显得不那么重要了。唐代白居易说：“无论海角与天涯，大抵心安即是家。”大致如此。好男儿志在四方，一个有远大抱负的人，不可能一生都安居一地，或者自己独闯天涯，或者因自己的理想被现实一次次冲刷，像浪花一样被拍打到这里，被拍打到那里，而流落他乡。燕雀永远不懂鸿鹄的伟大志向。

鸿鹄虽然可以展翅在天空翱翔，当它飞倦的那一天，却总要有一个栖息之地，供自己避风、遮雨。家，是一个人的避风港，无论在外面怎样漂泊，怎样委屈，怎样荒凉，回到家里，一切都得到了抚慰，一切重新自由起来，暖暖的炉火就是那家的召唤。

当身边有佳人相伴，有一个红颜知己时时刻刻在左右相随，红袖添香，岂不是人生一大快事？此时，十三岁便到苏轼家中的王朝云，已经陪伴这个旷世的才子走过了一个又一个贬所，经历了人生一次又一次的磨难，苏轼对她有感激，有欣赏。当枝头的柳絮都被吹散时，还有这一片忠贞不渝的芳草陪伴我走天涯。

因为有了心灵的慰藉，于是苏东坡作起诗来更加旷达豪放，一扫宋时文坛上的靡靡之声。诸如，“我生百事常随缘，四方水陆无不便”（《和蒋夔寄茶》）。在后来被贬谪岭南时期，作者又高唱着“日啖荔枝三百颗，不辞长作岭南人”（《食荔枝二首》其二）；“九死南荒吾不恨，兹游奇绝冠平生”（《六月二十日夜渡海》），均是在思乡的伤感中蕴涵着随遇而安的旷达。一首首脍炙人口，令后人读来一次次赞叹。

笑渐不闻声渐悄，多情却被无情恼。多情的人因为太在意自己喜爱的人，也便容易多愁善感。那注视着眼前的喜悦的笑脸，也渐渐地被思绪拖到“如果”……想你时你在天边，想你时你在眼前的那个人儿，你知道此时我心中的想法吗？作者嘲笑自己的多情，也就是在嘲笑那些加在自己身上的不公的命运，在笑一切悲剧啊！词人的失意情怀和旷达的人生态度于此亦隐隐透出。

因为多情，所以苦恼，真是人生不可抛却的悲伤。

何以解忧，唯有朝云。

微笑，笑时犹带岭梅香

古时兄弟结义时，都会豪气冲天地一起大声说着“不求同年同月同日生，但求同年同月同日死”的誓言。

那是一种相托，是一种信任。

只有当人与人产生一种惺惺相惜，或是彼此欣赏的态度时，才会有这样一种同甘共苦的信心。

当朋友们分散在天涯时，虽然遥远，但总还是有相见的可能。然而，当朋友与自己已阴阳相隔时，是不能不产生痛彻心扉的伤感的。

历史上那场著名的“乌台诗案”可以说是苏东坡人生轨迹的一个拐点。在他四十四岁的时候，遭遇了一次次的弹劾、逮捕与审判。在他人生的逆境中，除了对自己家人的担忧外，另一个让他放心不下的，就是自己身边的好朋友。

对于友情，苏轼一生都是极为看重的。在神宗元丰二年他被弹劾的这一年里，他遭遇了几件颇让这位豪情满怀的才子伤心的事情。二月，他最好的朋友、著名的画竹名家文与可去世，苏东坡伤心地哭了三天。在朝廷的官差日夜兼程去逮捕他时，东坡正在那里出神地一遍遍浏览他收集的名画，那是七月七日，正是晒书的日子，东坡把这些画卷拿到院子里晾晒。

坐在院子里，树下鸟语花香，午后的阳光暖洋洋地洒在院子当中铺展开的画卷上。苏东坡捋着胡须微微佝偻着身，静静地望着眼前的这一切。这时，他的眼睛正好与文与可曾送给他的一幅绝妙的画卷相遇，一时动情，不觉流下泪来。那天，他即兴写下一篇小文，记叙与文与可的这段君子友谊：

> 与可画竹，初不自贵重，四方之人持缣素而请者，足相蹑于其门。与可厌之，投诸地而骂曰："吾将以为袜材。"士大夫传之，以为口实。及与可自洋州还，而余为徐州。与可以书遗余曰："近语士大夫，吾墨竹一派，近在彭城，可往求之。袜材当萃于子矣。"书尾复写一诗，其略云："拟将一段鹅溪绢，扫取寒梢万尺长。"予谓与可："竹长万尺，当用绢二百五十匹，知公倦于笔砚，愿得此绢而已。"与可无以答，则曰："吾言妄矣。世岂有万尺竹哉？"余因而实之，答其诗曰："世间亦有千寻竹，月落庭空影许长。"与可笑曰："苏子辩则辩矣，然二百五十匹绢，吾将买田而归老焉。"因以所画筼筜谷偃竹遗予曰："此竹数尺耳，而有万尺之势。"……

苏东坡本就是一个至情之人，无论是骨肉间的亲情，还是兄弟间的友情，或是那诚挚的爱情，他都看得极为珍贵。据说，他被贬的那一年，想到受自己连累的弟弟，还有那些赤诚相照的朋友，在途中他曾几度想过自杀。据他自己给皇帝上的奏章说，在扬州渡江时，他曾想跳入江里。但据他的朋友回忆说，那次的途中，开船不久，船停在太湖上理船桨时，他就曾要跳水自杀。

那天夜里，月色皎洁，途中湖上风高浪急。苏东坡不知道自己会被定为什么罪名，尤其怕自己的案子会牵连到好多朋友。他想，不如一闭眼，就这样跳入水中，长痛不如短痛，倒也省事，解了千愁。他刚要脱靴跳湖，刮来一阵清爽的凉风，一下把他吹醒了。不行，如果这样一跳，还一定会被那些朝廷里的小人诬陷为畏罪自杀，这样不但自己洗脱不了罪名，让那些恶人幸灾乐祸，恐怕最遭殃的就是自己的弟弟子由，于是重新转头回去，自杀念头就此作罢。

虽然苏东坡一直怕自己的事情会连累到朋友们，考虑得已经非常周到，但是，世界上的事情往往总是这样，应了那句老话：福无双至，祸不单行。他的一些走得很近的朋友还是不可避免地受到了牵连。在受到牵连的人之中，有三个人受的处罚最重。

第一个，当时的驸马王诜，因为所谓的“泄露机密”给苏东坡，并时常和他互相赠送礼物，被定了罪名。另外，又因为他身为皇亲这个特殊的身份，被冠以不能将此等“诽谤朝廷的诗文”早日交出，而被残忍地削除了一切官爵。

第二个，当然弟弟子由是逃脱不掉的了。子由和子瞻的兄弟情深，世人有目共睹，眼前兄长受这不公的评判，子由怎能坐得住。他曾一再奏请朝廷赦免兄长，自己愿意纳还一切代兄长“赎罪”。在证据上看，子由还没有受到诬陷说收到什么严重的诽谤诗之类的，但是和王诜不同的是，他因为家庭关系，遭受降职处分，调到了高安，任筠州酒监。那里离东坡被拘留的黄州约有一百六十里。

第三个受牵连特别严重的，是苏东坡特别要好的朋友王巩，他并没有从苏东坡手里接到过“诽谤诗”，他显然是无辜受累，一度被贬到广西去监督盐酒税务。

王巩自小在锦衣玉食的环境中长大，他那奢侈的生活习惯在常人想来应是很难适应蛮荒之地的饮食起居，那次被发配到遥远的地方，日子是够他消受的。那之后的几年里，苏轼多次心怀愧赧地提起过王巩因他受累。

在二十多个“乌台诗案”案犯中，王巩是被贬得最远、责罚最重的。这使苏东坡更加内疚。

“兹行我累君，乃反得安宅”。

王巩在宾州的那段日子里，苏东坡还给他写过很多书信，一再表示王巩因自己而无辜受牵连，遭受了那么多苦难，他感到真是过意不去，不知道该怎样弥补。苏轼说：“今定国以余故得罪，贬海上三年，一子死贬所，一子死于家，定国亦病几死。余意其怨我甚，不敢以书相闻……”

苏轼对朋友王巩的这种愧疚和担心是不难理解的。在我看来，王巩这一次不知要被打击得怎样消极。

由“乌台诗案”始，东坡的后半生不仅仅是背井离乡，更可谓是颠沛流离。

晚年，当他从海南岛被放归后曾作《自题金山画像》云：“问汝平生功业，黄州惠州儋州。”

一次接一次的贬谪，一次比一次所到之处更荒凉闭塞，换做常人几乎难以招架这命运开的残酷玩笑。

好在，东坡以他那乐天知命的达观心态一次次地对命运做着招架，不，不仅仅是招架，是一种更胜一筹、更高一层的“享受”。每新到一处穷乡僻壤，他都不难在困境中发掘生活的可圈可点之处，这是一种不同于贬谪心态的心态，也正是这种乐观，助其在人生的低谷中仍生活自如，未被现实的不顺挫倒一丝一毫的锐气。但又是什么，成为他这豁达心态的重要支撑力呢？

安心。

所谓物以类聚，人以群分，一个人之所以成为后来的自己，往往也是因为曾经遇到了一个对自己影响颇大的人生伴侣。

后来王巩北归，宴请苏轼。在席上，苏轼惊奇地发现王巩经历了这一遭，在瘴气弥漫的蛮荒之地生活了五年，竟然依旧谈笑风生，气色大好，心中很是惊讶，东坡疑惑地问道：“你在那偏远而瘴气弥漫的地方待了五年，怎么丝毫不见颓唐，反而脸色红润有加啊？”

王巩调皮而狡猾地笑笑，让歌女出身的小妾柔奴出来为苏轼献歌。并告诉苏轼说：“这么多年多亏了她的左右相伴，在我失意的时候有她的悉心呵护，温柔慰藉，言语相抚，歌声相伴，这才让我能够有精力重振精神，再度奋发，否则怕真是一蹶不振，不堪设想。”

苏轼心中暗惊，但依然抑制住自己的惊奇故作平静试探性地问柔奴：“岭南的生活条件一定很糟糕吧，你这样一个弱女子，能吃得消吗？是不是时时刻刻地盼着回来呢？”没想到柔奴沉稳地缓缓答道：“此心安处，便是吾乡。”如此豁达之语出自一个柔弱女子之口，令苏轼大为惊叹与赞赏，立刻填词以记之。

定风波·南海归赠王定国侍人寓娘

王定国歌儿曰柔奴，姓宇文氏，眉目娟丽，善应对，家世住京师。定国南迁归，余问柔：广南风土应是不好？柔对曰：此心安处，便是吾乡。因为缀词云。

常羡人间琢玉郎，
天应乞与点酥娘。
尽道清歌传皓齿，
风起，
雪飞炎海变清凉。
万里归来颜愈少，
微笑，
笑时犹带岭梅香。
试问岭南应不好，
却道：
此心安处是吾乡。

与其说此语出自柔奴之口，不如说“此心安处是吾乡”在不经意中契合着东坡内心的思绪。王巩是幸运的，因为他虽被贬到荒僻之地，然而有红颜知己柔奴相伴左右，于是一段本应落寞的生活变得莺莺燕燕地有了朝气。苏轼更是幸运的，因为他一生中固然经历了太多起起伏伏的波折，然而身体漂泊，心灵却有一个稳定的安乐故乡。

她有她温柔的月亮，他有他灿烂的阳光，他们之间无话不谈，彼此思念，彼此关心，彼此祝福，彼此帮助。

前后的三位妻妾一直安心地陪伴着东坡的心灵，她们共有的特点是聪明伶俐、贤良淑德。尤其是朝云，伴苏轼“江海寄余生”，苏东坡在惠州的生活，人们都知道处处是和朝云的爱情相关联的。东坡去世后，他在白鹤峰的住所被后人辟为“朝云堂”。从苏轼第一次被放逐北归时，朝云就一直和他生活在一起，之后又随他一同再被放逐。秦观赠她的诗说她美如春园，目似晨曦。

到惠州的时候，朝云还很年轻，不过三十一岁，而东坡那时已经五十有七。虽然二人年龄相差颇大，但恩爱有加。林语堂先生说，朝云爱慕苏东坡这个诗人，自己也很向往他那种精神境界。而对苏东坡来讲，朝云在他老年时随他颠沛流离，又是怎样的一种赤诚，于是这位大文豪便会常常将感激之情化为文字流露出来。东坡携眷到惠州那年，给朝云写了两首词，其中一首是到惠州半个月写的，他称赞朝云不像白居易侍妾小蛮，因为小蛮在白居易年老时便离开了他；说朝云更像通德，终生陪伴伶玄，所谓“不似杨枝别乐天，恰如通德伴伶玄”。路遥知马力，爱情也往往在岁月的长河中经过现实的淘洗，瑕瑜互见。这样，在旁人看来，东坡与朝云更似一对共同追寻超凡精神生活的神仙眷侣，他们是这样洒脱，将世俗的缠累远远抛在了脑后。

这种精神生活追求更高一层的表现，在给朝云写的第二首词里更明显，其中交织着感情与宗教的双重元素：

白发苍颜，正是维摩境界。空方丈、散花何碍。朱唇箸点，更髻鬟生彩。这些个，千生万生只在。好事心肠，著人情态。闲窗下、敛云凝黛。明朝端午，待学纫兰为佩。寻一首好诗，要书裙带。

苏轼总是称朝云为“天女维摩”，为一尘不染之意，又曾说：“不合时宜，惟有朝云能识我。独弹古调，每逢暮雨倍思卿。”苏轼在现实政治的沉重打击下依然活得潇洒快乐，不能不说爱情上的慰藉是一剂精神上的“青春永驻”良药。所以，后来在席上东坡赞美柔奴，显然也有自己的切身体会在其中，“与我心有戚戚焉”。

因为懂得，所以相知相伴，东坡漂泊的生活因爱情而有了心灵的稳定居所。又因为爱情的慰藉，为他解去了许多份孤寂，于是安心。因为安心，他又幸运地得以在充满浊醪的生活中品出另一番妙理。苏东坡在一次次被贬谪远方的穷乡僻壤中所走的一段段泥路，最终成了中国古代文学史上最为大放异彩的一段段旅程。

白居易《初出城留别》中有句云："我生本无乡，心安是归处。"又在《种桃杏》中写道："无论海角与天涯，大抵心安即是家。"

或许历史上未被现实折断精神傲骨的迁客骚人，大抵内心深处都有这"此心安处是吾乡"的处世哲学与情感上的深深共鸣吧。

第二章

归去来兮，吾归何处

一蓑烟雨任平生

定风波

三月七日，沙湖道中遇雨。雨具先去，同行皆狼狈，余独不觉。已而遂晴，故作此词。

莫听穿林打叶声，
何妨吟啸且徐行。
竹杖芒鞋轻胜马，
谁怕？
一蓑烟雨任平生。

料峭春风吹酒醒，
微冷，
山头斜照却相迎。
回首向来萧洒处，
归去，
也无风雨也无晴。

东坡的一生，实现了那句话：脚在路上走，心有大未来。

男人，从他出生的那一天起，就注定这辈子要艰难地跋涉。因为他要承受的是“男人”这重若千斤的称呼。

奋斗，才能成就男人。身为男子汉，一生背负的是对生命的承诺和责任。

因为找不到任何理由与人分享，所以把无聊、委屈、痛苦都独自承担，这就是男人。

一个人要走多少路才能真正称作是一个男人？没有人给出答案。可是，这又会让我想到，如果一个人没有机会去走那些路，他这一生都不能成为一个男人了吗？也许吧，至少，不完整。

也许，有的人中途跌倒，有的人畏惧山高路远，于是中途退缩了。

有人用“手无缚鸡之力”来形容文人，形容他们的优柔寡断，形容他们的多情伤感。

其实，并不完全如此。

至少，东坡，是一个英雄中的英雄，男人中的男人。

也正因为这样，东坡成了千百年来多少国人的偶像，甚至还是百姓心中的最爱。

林语堂先生说，中国百姓在遇到艰难和挫折的时候就会想起苏轼，然后，嘴角就浮现出一丝会心的微笑。而中国人崇拜苏轼，应该不仅仅是他“上能给玉皇大帝盖瓦，下能给阎王小鬼挖煤”的通达，更重要的是他在历经磨难之后，仍然能保持一种潇洒和豁达，从容与天真。于是，苏轼的经历和潇洒总是能给同样遭遇不幸的人们以安慰和动力，使他们也能够对磨难报以一丝微笑。

幸运女神总是一只手拿着诱人的金苹果，一只手拿着寒光闪闪的利剑，这意味着想得到金苹果就必须先经过剑光的洗礼，所以天才的产生通常都是以天才的磨难为前提的，诸如李白之被逐，杜甫之漂泊；诸如易安之丧夫，稼轩之失意。

而当历史终于选定苏轼作为宋词乃至整个中国知识分子的代言人的时候，也就同时注定了他将成为命运的波澜的承担者。

当诗人经历了人生的风雨之后，再来比照现实中的风雨，他终于明白了，正如我们不能为每一次幸福都准备好心情一样，我们不可能为每一次风雨都准备好雨具。面对波折甚至磨难，勇敢和坚强就是我们的雨具。与其在磨难中自怨自艾，还不如在狼狈和失意中寻找一份淡定和从容，在慌乱和迷茫中保存一份潇洒。因为，正如所有的幸福都不是永恒的，挫折也不可能是永远。

这种境界并非庸人的自我安慰，更不是阿Q的精神胜利，而是一种智者觉悟之后的智慧和通达。

庄子说，有两个世代结有深仇的国家，一个叫触氏，一个叫蛮氏，每次打仗，则血流遍野，而这两个国家，一个在蜗牛的左边触角上，一个在蜗牛的右边触角上。

想想，其实这茫茫宇宙中的生命，真是太渺小。

苏轼在他那篇流传千古的《前赤壁赋》中说："盖将自其变者而观之，则天地曾不能以一瞬；自其不变者而观之，则物与我皆无尽也……"

我想，这固然有东坡自我慰藉的一面，不过，更重的成分是他已经超脱出来，将一切看开、看淡，一切，只是平平常常，无所谓风，无所谓雨，无所谓晴。

有的时候，也需要一点儿无所谓晴的元素，来调解这漂泊浮沉的人生。

当人们眼中那一切华贵亮丽的光环被取下之后，其实一切的你争我夺，都只不过是触氏蛮氏的无聊争斗。

此时的东坡也终于领悟到，有些所谓的宏大叙事只是梦游者的呓语，有些所谓的信念只是欺骗者的筹码，于是，世界通透了，单纯了，诗人变成孩子，天真而单纯，眼中的山仍然是山，水仍然是水，但是却也不是最初的山，最初的水。于是"回首向来潇洒处，归去，也无风雨也无晴"。

多情却被无情恼

有人说，在感情的世界里，谁认真，谁就输了。最用心的那个人，永远是伤得最深，也最痛苦的那个。

孤单不是与生俱来，而是从你爱上一个人的那一刻开始。

如果，仅仅是喜欢一个人，是不会有痛苦的。

可是，一旦爱一个人，也许有绵长的痛苦，但他给你的快乐，也是世上最大的快乐。

美景固然在，良辰固然在，可是，岁月不饶人，当人们想去追忆，想去挽留住什么的时候，总是物是人非。想到了那首诗：“去年今日此门中，人面桃花相映红。人面不知何处去，桃花依旧笑春风。”

一个人，当自己不被心爱的人解读，不被心爱的人关注时，会惶恐不安，会疑虑重重，那一份心底的小秘密，想道出，又含羞。

> 花褪残红青杏小。燕子飞时，绿水人家绕。枝上柳绵吹又少。天涯何处无芳草。
>
> 墙里秋千墙外道。墙外行人，墙里佳人笑。笑渐不闻声渐悄。多情却被无情恼。

红花落尽，枝条上留下的是花的残痕和苦涩的小青杏，小燕子逐春飞来，恋春不已。绿水环绕山村人家，春意流连不断。细细品味，残破、惨淡之情油然而生。

空中轻燕斜飞，舍外绿水环绕，何等幽美。

山花烂漫、柳絮飞扬，小溪，淙淙流过山村人家，燕子戏水闹春，这样的春日，怎不令人神往？

两相对照，眼前春的归去，又怎不令人黯然神伤？东坡这情景交融而得言外之意的妙笔，正好比一抹彩云，去留无迹。而这种对春的向往却在我们心里留下了抹不掉的印迹。

“枝上柳绵吹又少”也是说春归去的一种景象。然而，柳絮在古典诗文中，往往是薄命女子的象征，看见柳絮，很自然地又联想到被遗弃的女子，随风飘摇，没有落脚之处。杏子虽然是酸苦的，但它还是会让人联想到落去的鲜花，而柳絮呢？落就落了，谁还惦记呢？这恐怕就是词人的自叹吧！

“天涯何处无芳草”。诗人正自哀怜，满眼芳草使他眼前一亮，春天虽然去了，可芳草哪里没有呢？

李太白说：“天生我材必有用，千金散尽还复来。”

如果你错过了一个人，不必太悲伤难过，因为，你只是还没有遇到那一个对的人。

香草美人，在古典文学作品中，借以比喻君臣之遇，已经司空见惯。屈原就有“惟草木之零落兮，恐美人之迟暮”的悲叹。这墙外的行人，不分明是诗人自己吗？在“天涯何处无芳草”的豁达背后，我们不是又隐隐地感到了诗人的失意和不平吗？

诗人自作多情，因为墙里佳人是无意的，这多情无疑是多余的、无益的。从这一小小的“误解”中，我们触摸到了诗人深深的幽怨！诗人的九曲回肠，就是从这清丽、婉约的词句中表达出来的；诗的意境，就是在这平凡之中开拓至深的。

当他（她）已不再爱你的时候，请轻轻拥抱一下回忆里的温暖，轻柔地凝视凋谢的温柔。他（她）已不在你身边，亲爱的，你要坚强，请你深深呼吸，人生路上，铺满了爱的花蕾，总有那么一朵是属于你的。不是安慰你，而是，这是生生世世早已经注定的。相信我，也相信你自己！感情留在了心里，人却已经远去了，真正的友情与爱情永远不会失去，只是这也成了一种煎熬……

有一首诗说：

世界上最遥远的距离，不是生与死，而是我就站在你面前，你却不知道我爱你；

世界上最遥远的距离，不是我就站在你面前你却不知道我爱你，而是明明知道彼此相爱，却不能在一起；

世界上最遥远的距离，不是明明知道彼此相爱却不能在一起，而是明明无法抵挡这股思念，却故意装作丝毫没有把你放在心里；

世界上最遥远的距离，不是明明无法抵挡这股思念却故意装作丝毫没有把你放在心里，而是面对爱你的人，用冷漠的心，掘了一条无法跨越的沟渠。

如果把它概括成一句话，恐怕这一句“多情却被无情恼”，足矣。

在惠州的时候，苏轼和朝云在花园闲坐。正值秋霜初降，落叶萧萧之际，苏轼凄然有悲秋之意，吩咐朝云拿酒来，唱《蝶恋花·春景》一词。朝云刚开口，还未唱就已泪满衣襟。

东坡问她：“为什么会这么感伤呢？”

朝云回答说：“我最怕唱到词中‘枝上柳绵吹又少，天涯何处无芳草’这一句，触景生情实在太伤人。”

苏轼大笑：“我正悲秋，而你却又伤春。”

她如何能不伤感？她唱《蝶恋花》凄然不成歌，是因为她体味到了其中所包含的旷达与感伤的情怀。正是明白他是那样豁达宽和的人，才替他伤感。他实在不该受这样的磨难。朝云待子瞻亦如黛玉待宝玉。世皆言黛玉爱哭，却不知她的泪总是因怜惜宝玉而落，不是为了自己。朝云也是一样的心思。

我想，子瞻是明白的，不久，朝云病故，苏轼终生不再听这首词了。

问言豆叶几时黄

在今天，厌倦了城市生活的人们，总是向往着那山水农家乐的田园生活，他们去大山，去海边，去体验那在城市中所无法体验到的与大自然的亲密接触。

古代的诗词中，从陶渊明开始，总是对农家生活充满了赞美，赞美无限风光，赞美朴实的民风。

这些诗词，带给人一阵舒服的清风拂面的感觉。在那些宏大叙事或缠绵悱恻的爱情之外，原来还有这样的一份温情，这样的一份亲切。

东坡对这农家乐的观察，是颇为用心的。

用“水旱相继”来概括东坡刚到徐州时的遭遇再恰当不过了。就在他刚刚带领全城上下百姓治完这突然而至的洪水后，元丰元年（1078年），徐州地方又发生春旱，灾情很是严重。作为徐州太守，东坡依旧还是带着众人去求雨。说也奇怪，这次也很顺利地下了一场雨。得雨之后，东坡去石潭谢雨，就在这途中，他作了《浣溪沙》五首，下面是其中的几首：

旋抹红妆看使君。三三五五棘篱门。相挨踏破茜罗裙。
老幼扶携收麦社，乌鸢翔舞赛神村。道逢醉叟卧黄昏。

麻叶层层苘叶光。谁家煮茧一村香。隔篱娇语络丝娘。
垂白杖藜抬醉眼，捋青捣麨软饥肠。问言豆叶几时黄。

▶《维摩演教图》（局部三）传北宋·李公麟　纵34.6厘米 横207.5厘米
北京故宫博物院藏

▶《维摩演教图》（局部四）传北宋·李公麟　纵34.6厘米 横207.5厘米
北京故宫博物院藏

簌簌衣巾落枣花。村南村北响缫车。牛衣古柳卖黄瓜。
酒困路长惟欲睡，日高人渴漫思茶。敲门试问野人家。

软草平莎过雨新。轻沙走马路无尘。何时收拾耦耕身。
日暖桑麻光似泼，风来蒿艾气如薰。使君元是此中人。

求雨得雨，作为一州太守的东坡自然是愉快极了，所以他更有了轻松的心态去看农村风光和田间山色。百姓自然对走访民间的太守有很浓的兴趣，因为在那时人们的心里，总觉得太守就是一个传奇一样的人，以至于有了“旋抹红妆看使君。三三五五棘篱门。相挨踏破茜罗裙”的场面。

在这个场面里，我看到了淳朴可爱的民风，那活泼欢快的女孩子，甚至，连农户家中煮的饭豆香都隐隐地飘进了我的鼻孔。

对于整日生活在城市中的人们，这景色是很新鲜而陌生的吧。在这乡下，没有政治的你争我斗，没有官场的尔虞我诈；在这乡下，没有那整日庸庸碌碌的世俗观念，没有那时时小心翼翼的谨小慎微。“老幼扶携收麦社，乌鸢翔舞赛神村。道逢醉叟卧黄昏”，这安静祥和的农村风光里，洋溢着一片丰收之后的欢快，一片百姓安居乐业、熙熙攘攘的快乐景象。

今年的丰收，当然有东坡的一份功劳。或许，此刻的他也正在欣赏自己努力的结果，在赏识自我的政绩，表现出来的还是政治上的一份自信。

不同的是，从一个诗人的眼光来看，以这样的心境和视角去观赏农村的风光人情，一切就被诗情画意化了。

这一切其实并不是东坡所关注的，他关注的是百姓的生活如何，看到农民们把那麦粒捋下来，想捣成粉末充饥，作为一州之长的苏轼，他并不回避矛盾。东坡知道，这也是旱灾造成的恶果。当时青黄不接，从“青”到“黄”，还要经过一段时间。在这一段时间里，农民的饥苦是可想而知的，东坡对此明察于心。但他仍止不住内心的焦急：“问言豆叶几时黄。”

这急切地盼望百姓吃饱的心情，跃然纸上。

是的，东坡也不是一味地盲目乐观。

东坡是喜爱田园的，是喜欢村庄的，对农村生活有了如此真切亲近的认识之后，他自然感觉到农村这种淳朴无华才是自己真正想要的生活，这样，归隐之心油然而生。

“软草平莎过雨新。轻沙走马路无尘”，清新可喜的景色对身处逆境的东坡产生了无穷的诱惑力，“何时收拾耦耕身”的追问，包含了他多少未能摆脱这世俗缠累的自责？词人对乡村的喜爱已经无以复加，无论是“日暖”还是“风来”，可是，自己本来就属于这个平静朴实的世界。

对村庄里一切了解于心，把农村生活展现在笔墨里的，不是从东坡开始。

在他以前的文人词中，偶尔也出现过以农村生活片段为题材的作品。如文人喜欢描述“渔夫”的生活作为自己归隐的榜样，其中就不乏农村生活的场景。张志和《渔歌子》中写道：“西塞山前白鹭飞，桃花流水鳜鱼肥。青箬笠，绿蓑衣，斜风细雨不须归。”所描摹的就是水乡渔村的景色。但是像苏轼这样以组词的形式，多方面描绘农村生活的画面，把农民、村姑作为主要描写对象，简直似一幅农家素描一般，实在寥寥无几。

东坡曾经在《前赤壁赋》中说：“且夫天地之间，物各有主，苟非吾之所有，虽一毫而莫取。惟江上之清风，与山间之明月， 耳得之而为声，目遇之而成色， 取之无禁，用之不竭，是造物者之无尽藏也……”

他想的颇富哲学色彩，天地之间，人不需要用什么代价换取的，其实都是最最珍贵的那些，比如，空气；比如，美景；比如，亲情。

清风明月，不用一钱来买。

若他日，放下那繁杂世俗的一切，找一处有山有水有人情的小田庄，一箪食，一豆羹，跟着邻院的友人把酒言欢，岂不也是人生一大乐事。

总是愁媒，欲诉谁消遣

蝶恋花

蝶懒莺慵春过半。花落狂风，小院残红满。
午醉未醒红日晚。黄昏帘幕无人卷。
云鬓鬅松眉黛浅。总是愁媒，欲诉谁消遣。
未信此情难系绊。杨花犹有东风管。

看到东坡写的“总是愁媒，欲诉谁消遣”这一句，让人联想到那位风流才子柳三变，他那多情的为人，他那浪漫的个性，一句“便纵有千种风情，更与何人说”，让多少朝代的才子佳人读来不觉心头一阵酸楚，涕泪俱下。

离京南下前送别的长亭，骤雨初歇，寒蝉凄切，此景此情，令人何堪！此处一别，后会难期，今后我的一切劳苦愁烦，我的一切心事思绪，还能和谁来分享、对谁诉说呢……

虽然苏东坡和柳三变的词，风格迥异，气度不同，前者以宏大豪放的气势为主，后者则以婉约细腻更胜一筹。然而，怜子如何不丈夫，无情未必真豪杰。苏东坡，这位集家国天下与儿女情长的情感于一身的杰出词人，在他的情感世界里，自有他作为凡人的一面，有落寞，有孤单，有无助，有渴望。

那时不比现在，动辄此地去彼地需几个月的路程，“飞鸟犹需半年程”，虽然夸张，但遥远可想而知。那个爱自己的人离自己而去，而且不知哪一天才能重逢，这离别的感情怎能不令人惆怅不已？

然而，天下终是没有不散的筵席。有一天，曲终人散，那距离带给人的寥落，将怎样才能除去？有一个人，我宁愿永远不会割舍。

那记忆中快乐的时光，叫作平淡的幸福。假如我是那停泊的船，我只愿你做我那避风的港湾；假如我是那放浪无形的浪，我也愿你做那收容我心的沙滩。但是，“今逢四海为家日，故垒萧萧芦荻秋”，和你离别之后，我心的归所又在哪里呢？

古人的离愁别绪因此显得尤为浓厚，伤春悲秋，也便随着四季的变换，成了常情。

而且，时间在改变着我们。今日一别，恐怕将永远送别现在的你，再难找回。而且，我们也在改变着时间。曾经年少轻狂，嬉戏时在镜子前做的那些鬼脸，时间终究要将它们扯平。

流金岁月在我的脸上刻画着沧桑的痕迹，如同那风中枯萎飘散的花。“未信此情难系绊。杨花犹有东风管”。要相信这段感情很难，因为被某种原因约束，杨花也有东风管制。

或许这就是古今人们在无能为力时所感叹的命运吧，草木尚且如此，何况人呢？多少个夜深人静的晚上，望着天上繁星点点，仔细回想以前的日子，才发现那离我们远去的人，是那么值得珍惜。蝶恋花，原来是如此复杂深沉的一种爱。

多情应笑我，早生华发

一直觉得，多情这个词对于女人而言，是眨动着的长睫毛，是深深凝望着心爱男人的眼神，是娇憨，是刁蛮，是任性妄为，是黄蓉之于郭靖，是赵敏之于张无忌 。而对于男人而言，它可能是多情自古伤离别，是多情反被无情恼，是生怕情多累美人，是永远挥之不去的一抹痛，是满眼望去皆思虑。

苏东坡就是这样的一个多情的男人，身着一袭月白或淡青的长衫，在皎洁的月光下，风露立中宵。他的眼中偶尔会闪过一抹忧色，但转眼诗兴大发，举杯邀月，一醉方休，只是连那醉，也是略带了一丝感伤，多情之人，多情男子。

今年苏东坡已经四十七岁了，看着这滔滔江水，感慨万千。千百年来，才华横溢的英雄豪杰们，都被长江滚滚的波浪冲掉了。那旧营垒的西边，是三国时周郎大破曹兵的赤壁，陡峭不平的石壁刺向天空，耳边还能听到战时的声音，将士们呼喊着，震耳欲聋。巨浪拍打江岸，卷起千堆雪似的层层浪花。

望着远方，看着这如画江山，东坡想起三国时期，那一时期该有多少英雄豪杰！周公瑾，正是年轻的时候，小乔刚刚嫁过来，他雄姿英发。面对与曹操作战，周瑜作为主将没有兵戎相见，只是身穿便服，谈笑风生，从容潇洒，指挥若定。手里拿着羽毛扇，头上戴着青丝帛的头巾，谈笑之间，曹操的无数战船在浓烟烈火中被烧成灰烬。如今重新游于三国古战场，幻化成一幅幅画面，难道是我太多愁善感，以致过早地生出白发？江山、历史、人物都在眼前显现。同三十岁左右就功成名就的周瑜相比，真是深感惭愧，不但功业未成，反而戴罪黄州。无所谓了，举杯邀请这江上清风、山间明月，和我一起一醉方休吧！

苏东坡是洒脱的，所以他会触景生情，却不会不能自拔。

谁也逃不过多情，多情人更逃不过白发，李白纵然那么洒脱奔放，浪漫豪气，也难免“高堂明镜悲白发”，字里行间都流露着“朝如青丝暮成雪”的无奈；杜甫在春天看见万物生长草丰叶茂，也会借景而发，抚弄白发吟诵“白头搔更短，浑欲不胜簪”。

“多情应笑我，早生华发”。

这样的多情，便是情深而坦荡，与风月毫无干系。

从古到今，多情人比比皆是，如柳三变，如徐志摩，如苏东坡……

似此区区长鲜欢

沁园春

孤馆灯青，野店鸡号，旅枕梦残。渐月华收练，晨霜耿耿，云山摛锦，朝露漙漙。世路无穷，劳生有限，似此区区长鲜欢。微吟罢，凭征鞍无语，往事千端。

当时共客长安。似二陆初来俱少年。有笔头千字，胸中万卷，致君尧舜，此事何难。用舍由时，行藏在我，袖手何妨闲处看。身长健，但优游卒岁，且斗尊前。

苏轼与苏辙，兄弟二人，情深意笃。能够在人生遭遇低谷的时候还不忘相互扶持与陪伴，可谓至情。

那一年的正月，他路经济南入京。当时弟弟子由一家正在济南，但是，这个时候子由却不在。和哥哥东坡相比，弟弟子由的为人就显得冷静多了。比如，东坡对看不过去的事情，一定要据理力争。但是子由，过去一直是默默地做自己的事，对朝政的这些事情，完全不似哥哥那般积极介入。

然而，沉默的人一旦打破安静是有着非凡的力量的。大概子由这个时候认为时机已经到了，可以放手一搏，所以，他等不及哥哥的到来，就已经带着改革政治的重要表章先去了京城。

当东坡到济南的时候，子由已经不在那里了。那一天，大雪纷飞，东坡到了城里下马观望，三个侄子已经在雪中等待多时。晚上，子由的家中大摆宴席，为东坡接风洗尘，别来已久的亲人们再次相见，无不泪花闪闪，但又旋即擦干泪水，毕竟这应是欢乐的场面。

屋外的大雪依旧纷纷地飘着，窗子映着屋内暖融融的灯光，还有几个举杯换盏的身影。

毕竟济南要比密州大得多，新鲜有趣的地方也比比皆是。东坡是一个极爱游玩的人，看到这山山水水，怎能不驻足停留游玩一番？这一停留，就是一个月。直到那一年的二月中旬，才带着家眷们到了黄河岸边，这里离开封就不远了。

望着浪涛滚滚的黄河水，东坡心中也澎湃不已。

他想到了自己过去所经历的那些事情，想到了那些自己所爱的人，想到了自己前方的路途，当然了，也想到了即将见面的弟弟子由。

这一天，子由早已经得知哥哥要来的消息，于是亲自出城到离北河北岸三十里的地方迎接。在白茫茫的空间里，远远地就望见了哥哥一行人，他难以抑制内心的激动，踮着脚向前方挥手。

兄弟二人可算是又见到了，这一聚，谁也不愿意再分开，就这样，在那个冬天，子瞻子由彻夜叙旧，聊着分开的这段时间各自的经历。

子由告诉哥哥说：你被调到河中府的任命已经取消了，将要去的地方，是徐州。

如果一味地沉溺在失去太阳的痛苦里，那么，很快，你也将错过那一片灿烂的星空了。

何必为痛苦的伤感而失去现在的心情，何必为莫名的忧虑而惶惶不可终日呢？

过去的已经一去不复返了，再怎么样也是无济于事。未来的还是可望而不可即，快乐地过，是一天；忧愁地过，也是一天。今天的心，今天的事和今天的人，却是实实在在的。

有人说，昨天已经过去，明天还未到来，能够把握的，只有今天。

活在当下。

大凡有一番作为的人，总会经历一些磨难，这似乎成了一个定律。但是，在他们的年轻时期，遭遇过的忧患和痛苦，日后就成了前行的垫脚石。东坡的真正生活，也是从四十岁才开始。

现在，东坡就要开始进入他的徐州时期，也就是文学史上那段出名的“黄楼”时期……

更确切地说，从现在开始，他有了一番真正的作为。

人生中，能够痛痛快快地做自己想做的事情，也是一种莫大的幸福。知道自己所喜爱的，做自己所喜爱的，就是幸福的一种。东坡在黄州的日子里，是他第一次放开手脚，彻底地按自己的想法做事。曾经在杭州，他一直只是一个辅佐他人的官员，很多事情并不能从自己的出发点来进行，即使有好多好的建议，也是拘束重重。在密州，他虽然身为太守，但因为那只是一个偏远的小地方，贫穷而落后，也没有一展才华的环境。

这时，在政坛上暂时引退，一个充实、豁达、活跃、风趣的苏东坡出现了，这才是我们现在所看到的，千百年来为人们所喜闻乐见的苏东坡。他是智慧的，他是达观的，他是风趣的。

这个具有非凡人格的人物，在他遭捕被流放之前，以在徐州期间所表现出来的政绩，已经可以证明在文学的长河里飞扬的他，也是一个为政的干练之才。

或许，经过这多次的调动，去往哪里，对东坡来说已经不是重要的事情了。他看重的，是自己的心，一个人的内心有多强大，他的世界往往也有多广阔。

乐不可极，乐极生悲。在生活悲欢离合、喜怒哀乐的起承转合过程中，人应随时随地、恰如其分地选择适合自己的位置，起点不要太高。正如孟子所说的：“可以仕则仕，可以止则止，可以久则久，可以速则速……”

无论怎样，人，总该对生活充满热情，有了热情，就能把额外的工作视作机遇，就能把陌生人变成朋友，就能真诚地宽容别人。

有了热情，可以把眼前的这些困境，都视作过眼云烟。

曲终一拍、待君来

回忆的内容往往很重很重，然而表达出来，却是很轻很轻。

> 寸恨谁云短，绵绵岂易裁。半年眉绿未曾开。明月好风闲处、是人猜。
>
> 春雨消残冻，温风到冷灰。尊前一曲为谁哉。留取曲终一拍、待君来。
>
> ——苏轼《南歌子 感旧》

谪居黄州，故人皆相距甚远，此等寂寞，只能于词中流露。

“曲终一拍、待君来”，这是东坡对知音的期待。可毕竟穷在闹市无人问，富在深山有远亲。此时的自己乃戴罪之身，旧人多唯恐避之不及，谁还会不惧艰险地逢迎，惹火上身，招致祸事？

此话并非想当然的猜想。在给李端叔的信中，苏轼说：“得罪以来，深自闭塞，扁舟草履，放浪山水间，与樵渔杂处，往往为醉人所推骂，辄自喜渐不为人识。平生亲友，无一字见及，有书与之亦不答，自幸庶几免矣。”

有口难述的孤独。

但东坡之所以是东坡，就是因为他有常人所不能做到的豁达和开阔。在《正月二十日与潘郭二生出郊寻春忽记去年是日同至女王城作诗乃和前韵》中，东坡道：

> 东风未肯入东门，走马还寻去岁村。人似秋鸿来有信，事如春梦了无痕。

江城白酒三杯酽，野老苍颜一笑温。已约年年为此会，故人不用赋《招魂》。

“人似秋鸿来有信，事如春梦了无痕”，苏东坡写这句时已四十五岁，宦海浮沉，人事沧桑，读来不无苍凉之感。时过中年，人间事差不多看遍了，苏东坡将之归为两类：一类是人可掌控的，前有信约，还是要坚守的，就像秋鸿，季候到了应该应约而来；而另一类是牵连人际的种种事端，犹似春梦，梦醒了也跟着忘了，留下朦胧美意，了无痕迹。

可掌控的，前有信约，像秋鸿那样，随着季节的变更，南来北往，如约而来，如期而去，年年岁岁如此，并无太大的变迁。而人却不同，人生几回苦乐往事，都如那春梦一般一去不回，回忆最无力，软弱如这般，人，又能改变什么呢？

苏东坡是学禅之人，这两句诗读来还深具禅意。秋鸿有信，应处理的事要处理，原则要守，这是积极的、入世的一面；风来则应，过去不留，过去了就放下，无须纠缠，一如春梦，不留痕迹，这是退隐的、出世的一面。一显一隐，两相聚合，才是完整的一生。然而，这样的人生又有几人能做到呢？人往往苦于对过去的事情，拿得起，却放不下。

人总是在问上苍：为什么你曾经给我的，如今却要收回，令我痛苦不堪？其实，一个人失去的事物比之未得到的事物往往更让人痛心疾首。正如你未曾知晓的美味佳肴，不会突然想到去品尝；而你曾经吃过的好吃的东西，往往会让你念念不忘，无法释怀。上苍，为什么你让曾经那么相依相恋的人们，从此天各一方，怎么说，怎么做？难放下所有过去被遗忘的足迹，雕刻在被偷空的思绪里的颓废，怎么变华丽？蝴蝶翩飞起舞，周遭宁静的血液分裂在空气里面，不知终将怎样去面对。

曾经的梦终于成了今天的痛，一切还是休对故人说吧。

真正的情谊是不需要用话语反反复复地来强调的。“人似秋鸿来有信，事如春梦了无痕”，我们走过，活过，看过，感受过，多年以后，我们仍然是我们，但是，那些事情却已经模糊。只是，要知道今天的我们是什么样子，或者是什么想法，却又必须对过去的事情有一个大致的认知和了解。如何从现在追溯过去？我们不得知晓；而过去的事情那么多，完全记起来不可能也没必要，那该回忆哪些事情呢？这就由自己对心源的把握来决定了。“东风未肯入东门，走马还寻去岁村”，思想就如走马，心源则是方向。如何知道心源是什么呢？不同的哲学思想，不同的美学导向，会有不同的结果，人与人本就不同。

不如像东坡那样达观一些，既然年年都有着这默契的约定，不如就这样进行着吧，不必再去刻意地翻阅，否则，于人，于己，都是折磨。

别来相忆，知是何人

那些年少的梦想、希冀、追寻，还有未曾说出口的爱恋，都永远停留在了那里，前进的，是生活，是每一段鲜活的人生。

在见不到你的日子里，我会含笑。想象着你走过人生的每一段里程，对月惆怅，为你轻舞，因为你是风……

世间的感情就是这样，如果在你的心里牵挂着，即使是满头白发、千山万水也阻断不了。静静的期盼，默默的思念，你的心，我能够体会。一个人，一座城，孤独的我，写下对他的思念，让我在那年华里，记得他的痕。

蓦地，想起苏东坡的那首词：

携手江村。梅雪飘裙。情何限、处处消魂。故人不见，旧曲重闻。向望湖楼，孤山寺，涌金门。寻常行处，题诗千首，绣罗衫、与拂红尘。别来相忆，知是何人。有湖中月，江边柳，陇头云。

读到这里不禁潸然泪下，我们粉饰的华妆下，是不为人所知的最底层的思念之情。为了掩饰，我们演得太累，走得太远，以至于我们忘却了本来的目的。

“上有天堂，下有苏杭”。杭州，在当年也和今天一样，是一座美丽的城市，让人神往。这里就是苏东坡的第二故乡。杭州之美并不是山林湖海之美，也不是杭州繁华的街道、壮观的庙宇，而是那些让他思念的友人。

这时候的苏东坡还很年轻，他是一个珍惜友情、珍惜爱情的人，热爱大自然，喜欢游山玩水，喜欢美丽的杭州，喜欢这多雨的季节。喜欢游历的苏东坡，喜欢同友人一起出行，友情与诗情，使他们游赏时无比欢乐，销魂倾魄，现在却只剩下回忆和思念。杭州人有南方人的轻松愉快，有诗歌，有美女，他们喜欢苏东坡这个年轻的诗人，喜欢他的朝气和热情，喜欢他不拘小节的洒脱。

那些他们共同游历的地方，西湖、钱塘江和大小名山，都有他们的足迹。陈襄，现在已经是一郡的长官，对那山、那水的怀念之情，其实更是想念他。无情的生命也仿佛多情起来，都变成了人的影像。

杭州的美丽赋予他灵感，杭州温柔的魅力深深地植入了诗人的心。杭州赢取了苏东坡的心，苏东坡也赢得了杭州人的心。苏东坡与杭州是密不可分的，西湖有它特有的诗情画意，苏东坡也慨叹自己不能画其全貌；苏东坡，如果不遇到西湖，也不能尽显其才。

有人说，能够把西湖表现得最好的诗就是苏轼的那首：

水光潋滟晴方好，山色空蒙雨亦奇。
欲把西湖比西子，淡妆浓抹总相宜。

所以他思念杭州，思念西湖，更思念那里的人、那里的欢乐、那里的一切。他曾经深情地说：“昨夜风雨清，梦到西湖上。”

苏东坡在杭州的时候任判官，所以很多时候并没有太多的事情，他喜欢去大自然中找寻快乐，不但杭州城本身，就连杭州城十里之内都留下了苏东坡和友人的身影。

多少次在杭州西湖边从“断桥残雪”走到“苏堤春晓”，我总会浮想联翩，仿佛能穿越近千年的风霜雪雨与前人不期而遇，告诉他们时光就像一把巨大的漏斗，淘洗掉浮华，留下来的才是真正的功名，留下来的还有他们的欢声笑语。

“别来相忆，知是何人”，相忆的怎能不知道是谁？不管何时何地，总会想起。只是这些人都是生命中的插曲，其实，连我们都是生命的过客，又何况我们身边出现的那些人呢？每一次的相忆都会记得更深。

回忆总是美好的，因为我们总愿意记住美好的东西，也只愿意把美好的东西放在回忆里。

对酒逢花不饮、待何时

苏东坡的一生，并不缺少相伴的红颜，自古才子配佳人，确是一件赏心悦目的事。在东坡的心中，其实还有一个秘密，这个秘密，他从来不愿对人提起。

每一个人，或许这一生当中都有那么一个小秘密，甜甜的，涩涩的。这个秘密，像小孩子珍藏的糖果，有的时候，偷偷地拿出来，舔一口，又马上把它收回，生怕有人发现似的。

这个秘密，总是与人生最纯情那个年纪的某个人有关。

对东坡来说，这个秘密的名字是，“小二娘”，他心底珍藏的那个姑娘，而这个姑娘，因为是他的堂妹，两个人只能默默挥手，有缘无分。

曾经，看到一段很伤感的文字：

> 叶子的离开是风的追求，还是树的不挽留？你永远不懂，落叶背后的忧伤。
>
> 你成了我生命中最熟悉的声音，那首歌，静静地哼着你和我，很简单，也很幸福。
>
> 我那支离破碎的梦，泪滴在颤抖的文字里，带着你的爱，潜意识里失忆。

东坡的词一直以来有争议。有人说，他的词是豪放的；还有人说，其实，东坡的骨子里也属于婉约的。

我更愿意相信，东坡在对待人生的态度上，是豪放的；而他对个人的感情方面，永远都是一副含情脉脉的样子。他懂得女子的心，他也真真切切地喜爱水一样的姑娘。

这个堂妹，是东坡这一生所念念不忘的，无他，只因，那是人生最美好年华的回忆。

在有些寂静的夜晚，我躺在床上，会想起你。

有时，我劳苦不堪、倦意袭来，我会想你。

对不起，只是忽然好想你，忘不掉。

就在东坡快要到六十岁的时候，这样一个年近花甲的老人，还是没有忘记心里的那一个秘密。

这一天，东坡听到了堂妹去世的噩耗，悲从中来，整个人，呆住了。

他对“小二娘”的钟爱从未减少，他在给亲人的信里曾经提到，有一次他路过堂妹所在的常州，因有事而没能去看她，始终引以为憾。

听到堂妹的死讯，东坡在给朋友程之才的信里提到，说自己“情怀割裂”，在给堂妹儿子的信里，也说到自己“心如刀割”。

也许这样的字眼出自别人的口，我会觉得煽情，而出自东坡之口，我却伤怀得不行。

他为堂妹写下祭文，显然是得到噩耗之后写的：“慈孝温文，事姑如母，敬夫如宾”，东坡实在不知道这些词在堂妹面前，是否言过其实。东坡，现在盼着她那两个儿子可以从这失去母亲的悲痛中走出来，不要像自己，痛苦得不能自拔。

他曾经深爱过他的堂妹，而二人不能在一起，这是他一生之痛。

堂妹尚在时，苏东坡在旅游途中，曾在靖江她家中住了三个月。在堂妹家盘桓的那些日子，东坡写了两首诗给她。那两首颇不易解，除非当作给堂妹的情诗看才讲得通。林语堂先生说，当代没有别的作家，也没有研究苏东坡生平的人，曾经提到他们特殊的关系，因为没人肯提。不过，苏东坡晚年流放在外时，听到堂妹逝世的消息，他写信给堂妹的儿子说“心如刀割”。在他流放归来途经靖江之时，堂妹的坟就在靖江，他虽然此时身染重病，还是挣扎着到坟前，向堂妹及其丈夫致祭。第二天，有几个朋友去看他，发现他依然悲不自胜，老泪纵横，面向里面墙壁，正在抽搐着哭泣。

相似的，我想到了陆游和表妹唐婉的故事。

红酥手，黄縢酒，满城春色宫墙柳。东风恶，欢情薄。一怀愁绪，几年离索。错错错。

春如旧，人空瘦，泪痕红浥鲛绡透。桃花落，闲池阁。山盟虽在，锦书难托。莫莫莫。

世情薄，人情恶，雨送黄昏花易落。晓风干，泪痕残。欲笺心事，独语斜阑。难难难。

人成各，今非昨，病魂常似秋千索。角声寒，夜阑珊，怕人寻问，咽泪装欢。瞒瞒瞒。

这催人泪下的唱和，恐怕是词史上最为凄美的一段对唱。

青葱岁月时的感情，是最让人难以释怀的。有人说，时间能淡忘一切。也有人说，时间不会使记忆风化。不知道一句话能在风中停留多久，不知道一个承诺能维持多久，亦不知道，彼此的约定在多年后能否被记得：就像一首回味悠长的老歌，岁月的年轮碾过之后，能否再被吟唱？

我思君处君思我

簌簌无风花自亸。寂寞园林，柳老樱桃过。落日多情还照坐。山青一点横云破。

路尽河回千转柁。系缆渔村，月暗孤灯火。凭仗飞魂招楚些。我思君处君思我。

有人说，这个世界上最幸福的事情，就是当我想你的那一刻，你也恰好在想着我，而且，你对我的思念要大于我对你的思念。

忘了什么时候听到有人说“嫁人当嫁苏东坡”，他落魄，但是不悲观；他多情，但是不滥情。因为多情，所以会有思念，会有妻子离开十年之后的“千里孤坟，无处话凄凉”的伤极落泪；因为多情，所以也会有老迈时得知朝云去世，虽伤心欲绝却要故作超脱的那一曲老泪纵横的“高情已逐晓云空，不与梨花同梦”。

东坡一生中出现的三个女人，妻子王弗，继室王闰之，还有那伴他人生的后半程漂泊四方，始终不离不弃的朝云，她们都是倾尽自己的一生去爱东坡的。东坡对于她们，也满怀着感激和爱怜。

人与人之间的感情，常常像一壶酒，存放的时间愈久，味道愈浓，愈醇厚，当然，也愈香甜。

红颜知己对一个男人来说，固然是难以忘怀，而那一两个知心朋友，也是思念世界里的一道风景。

估计已是暮春时节了吧，虽然外面很平静，没有一丝风儿吹动，而花儿最终抵不过岁月的流逝，衰败了，枯萎了，纷纷地落了一地。落花的园林，告别了曾经的繁花似锦，如今留下的全是寂寞。

园林寂寞，人更寂寞。告别我所爱的人，看着眼前秋高气爽，却万物萧瑟的样子，不禁有些心酸。

此刻的静默，两人谁都不愿打破，就让思念在落日里沉淀吧。

此时无声胜有声。真正的朋友，在一起时两个人谁都不用说话，就已经能够感觉到对方的心灵。

送行的路已走到尽头，友人的船已在视线里消失。夕阳西下，把岸边送别的人的影子越拉越长，远处的青山在这夕照里，渐渐淡出。

送别了友人，看着那“孤帆远影碧空尽”，东坡默默地转过身来，往回走。想象朋友今夜泊于冷落的渔村，中宵不寐，独对孤灯，唯有暗月相伴，是怎样的一种寂寞。

在这样无眠的日子，他在思念友人，也孩子气地认为友人也在思念着他，也许你会说，这个苏轼还真是自作多情啊！

“我思君处君思我”，喜欢一遍一遍地吟出。

这种感受，是深深的期盼，是怯怯的等候，是一种不安的悸动。读到它的时候，似乎与自己的内心有着深深的共鸣，自己，不也是一次次地思念起某个人，有着这样的期待吗？

内心仿佛也有阵阵涟漪，东坡的这首词，很多人喜欢把它当作是爱情的思念。两个人相爱，在相望的夜里，伴着白月光，思绪千转，我思君处君思我，仿佛有一种心有灵犀的感觉。

寂寞，总觉得这个字眼含有很深的无奈，是那种心有余而力不足的无奈，因为各自要奔前程，因为各自需要自由，不得不分别，时光不再，盛景已远。“柳老樱桃过”，很容易让人联想到蒋捷笔下的“流光容易把人抛，红了樱桃，绿了芭蕉”。

人，也不过如此吧，被流光抛弃。

这自然的规律，都不是人可以有能力去左右的。

苏轼一向被人们标以豪放、达观、智慧，似乎是一个不知愁滋味的桃源仙人。可是，毕竟人都是血肉之躯，都有自己的七情六欲，喜怒哀乐。没有人一世潇洒，也没有人一世不知烦恼为何物，一切，只是量的多少与时间的长短而已。

旁人，哪里懂得东坡的伤心与落寞？

因为这样，那么几个知己，更让人思念不已。

他们会明白，东坡这种大难中不改其乐，似乎可以放下一切包袱的“乐观”“闲适”只是表面现象。只不过，他是个非常善于自我调节的人，他高于常人的，是他明白如何苦中作乐，不管被贬到哪里，他都能在那些偏远之地发现新的乐趣。

但是，他却把最深沉的痛苦埋在了内心深处，一层一层地包裹隐藏，用表面的洒脱来掩饰无法化解的悲恸，他不愿随意示人，而展现给大家的，永远是那充满朝气的笑容。他总能在痛苦达到顶点的时候找到化解的方法，他永远痛苦着，却也永远化解着。正像有人说的，他的“乐观”是经历了大痛苦之后的超脱，他的“闲适”是经历了大沉痛之后的放松。

后人之所以喜欢东坡的词，是因为它不像那些缠绵婉约而令人尽失力量的艳词柔曲。东坡的词，始终是将朝气蓬勃的人生态度蓄于其间，忧伤而不失劲度，婉约而不失意义。

当后世的人们在现实生活中经历了大大小小的挫折，回到家中，从书架上抽出一本东坡的诗词集，躺在床头，翻看一二，看看他那坎坷的仕途，那曲折的人生，那难酬的壮志，那横溢的才华，那阳光的心态。即便这个世界都在背离他，一贬再贬，愈迁愈远，直到海外，这时的自己，不是已经得到心中的释然了吗？

东坡思念心中所爱的人们，自然，他被更多的人思念，无论是古，是今。

寂寞无人见

永遇乐

夜宿燕子楼，梦盼盼，因作此词。

明月如霜，好风如水，清景无限。曲港跳鱼，圆荷泻露，寂寞无人见。紞如三鼓，铿然一叶，黯黯梦云惊断。夜茫茫，重寻无处，觉来小园行遍。

天涯倦客，山中归路，望断故园心眼。燕子楼空，佳人何在，空锁楼中燕。古今如梦，何曾梦觉，但有旧欢新怨。异时对，黄楼夜景，为余浩叹。

文章憎命达，或许有一定的道理。说来也奇怪，这一条不成文的规律，适用于古今千百位才子，他们或是落魄一生，或是栖身无处，如曹雪芹，如杜工部，然而，这经历却让他们成就了后人所望尘莫及的事情。

苏东坡在他一生当中最难过最沮丧的时光里，却往往写出了最好的诗词。在他中年时期，也就是他最难挨的时期，东坡的诗词到了完全成熟的阶段。这时，愤怒的火气消失殆尽，而只剩下一片安详平和与安身知命的心境。

成熟似乎是一件很残酷的事情，它代表了青春的流逝和梦想的褪色。可是，人生走向成熟是它必然的方向，况且，一种平和的幸福的人生属于成熟的人生。成熟的人生，就像那大自然里的秋天，带给人丰富的果实，同时，亦有那收获的喜悦。

不过，要区分开来的，成熟不是市侩和庸俗，后者这种成熟的核心精神不过是妥协和顺从，苟且偷生，唯利是图。这最多也只算作是小人的智慧罢了。

一个人走向成熟是困难的。如泰戈尔所说，除了通过黑夜的道路，无以到达光明。很无奈的一个事实是，成熟总是和人生的挫折联系在一起，仅仅凭借着课堂上老师那“传道授业解惑”，并不能让你成熟；仅仅凭着肥皂剧中的眼泪和剧情，也不能让你成熟。

成长的经历也告诉我们，成熟，需要时间与代价，需要亲历亲为，而且，这通往成熟的道路，没有终点，只有行程。成熟是相对的，而幼稚才是绝对的，成熟不是不犯错误，而是能真正从错误中吸取教训。

成熟不是手中的酒杯与指上的香烟，更不是小资情调的淡淡忧郁和自我伤感。有意表现的成熟，那是幼稚。没有境界和深度，只能表现出浅薄。成熟是无须表现也无意表现的。

人到中年的东坡，在大江大海、大风大雨里淘洗后，有了更丰富的人生阅历，岁月的痕迹留在他额头上的皱纹里，留在他那青丝变白发的头巾中，留在他那越加甘醇的诗词外。他也会睹物思情，只是，已经成熟的他，不会再像那少年时代“为赋新词强说愁”。

元丰元年（1078年），苏轼已是徐州太守，那一夜，他信步走过城里，到了美人曾经居住过的燕子楼。

那一夜，“明月如霜，好风如水”，一片清幽典雅的气氛，美景无限。曲曲折折的水港跳跃着活泼的鱼儿，圆圆的荷叶上不时地滚落几滴晶莹透亮的露珠。本来就十分寂静清幽的夜色，越发显得安谧了。鱼跳暗点人静，露泻可见夜深。园池中跳鱼泻露之景，夜夜可有，终是无人见的时候多；自己偶来，若是无心，虽在眼前，亦不得见。

这良辰美景，又有谁抛去那浮世的喧嚣，来静静地驻足、留意、欣赏呢？美景空好，花儿也默默地独自开放着，然而没有人来留心观赏，只是一片寂寞的景色罢了。

又如王安石笔下那梅花：墙角数枝梅，凌寒独自开。又如陆放翁那梅：驿外断桥边，寂寞开无主。已是黄昏独自愁，更著风和雨。

那傲立不狷的梅花，已经成了多少寂寞才子的象征。

这一夜，东坡路过燕子楼，梦到了唐代那个能歌善舞的盼盼，遥想当年，她是多么风情万种，张尚书死后，她依旧念旧情而不他嫁，在为其所建的燕子楼中独居十年有余，这是怎样的一份人间真情？

三更鼓响，秋夜深沉；一片叶落，铿然做声。梦被鼓声叶声惊醒，更觉黯然心伤。东坡梦醒后，尽管想重新寻梦，也无处重睹芳华了，把小园行遍，也毫无所见，只有一片茫茫夜色，夜茫茫，心也茫茫。

人若不想失去自己认为宝贵的东西，最好的办法是从未得到。上天把你珍视的东西或者人赐给你，有一天又收回的痛苦，是最让人痛彻心扉的。正如一场美梦醒来，梦中的一切已经不在眼前，不能不使人产生怅然若失之感。

眼前，前朝的故人，人去楼空，佳人已经不在人世，只有空荡荡的楼台，屋檐下，几只燕子飞来飞去，独自过活。

人生之梦未醒，只因欢怨之情未断。

苏轼想到了如今的自己，由盼盼的旧欢新怨，联想到自己当下的一切，发出了人生如梦的慨叹，无法解脱而又要求解脱，只愿从整个人生超脱出来，摆脱这漫长的厌倦和感伤。

黄楼曾是苏轼为纪念黄河决堤洪水退去所改建的，看着这眼前的燕子楼，他在这里凭吊前人，那么是否日后也会有人，在黄楼这里再想到他呢？

王羲之《兰亭集序》中说："每览昔人兴感之由，若合一契，未尝不临文嗟悼，不能喻之于怀。固知一死生为虚诞，齐彭殇为妄作。后之视今，亦犹今之视昔。悲夫！"世世代代都是重复又重复地进行着，历史的咏叹变为今日的思考，今日的思考终将还会变为历史的咏叹，循环往复，无穷无尽。

当年孟浩然因有感于自己的沉沦不遇，通过对前贤的缅怀，发出了深沉的历史叹息，令人低回不已。"人事有代谢，往来成古今"。当诗人登岘山，纵目远眺，一片萧瑟，遥想当年羊祜抒发的慨叹，不又成为自己的憾事了吗？

思绪悠悠，心事重重。所谓"往来成古今"，是说日月沧桑，一往一来，即成古今，深感人生短暂。就是古人所建立的功业，也已是历史的陈迹了。更何况我辈如此萧条寂寞，能不"湮没无闻"？这叹息是何等深沉。于是，这便不是一般的所谓人生的悲哀，而是苦于不能有所作为的忧伤。

人想得太遥远时，往往会感受到一种未知的虚无，这虚无远在天边，让人看不清，摸不到，猜不透，于是，也常常因此产生一种无力感。有人因这虚无而感到痛苦，有人因这虚无而感到落寞，有人因这虚无而香消玉殒。

能超脱这虚无的思绪，将人生看得透彻，对自然施以热爱的人，是活得潇洒的人，是懂得品味生活的人，苏东坡正是这种人。他曾在密州寄给乔太傅一首诗，综括他在杭州、后来在密州那段写作多产时期的一般态度：百年三万日，老病常居半。其间迮忧乐，歌笑杂悲叹。颠倒不自知，直为神所玩。须臾便堪笑，万事风雨散。自从识此理，久谢少年伴。

所以，我们在他那豪放的诗词里能听到他的豁达和怒吼，在村庄田园里能听到他怡然自得的快乐，在湖滨楼头的一个个庆典中，仔细倾听，也有那一声低低的灰发人自言自语后的咏叹。

当有一天佳期不再，物是人非，站在东流的河水前，想着一切逝者如斯夫，不舍昼夜。天欲雪，云满湖，楼台明灭山有无。历史上人们关于时光流逝、光阴不再的咏叹太多太多，遥想那时英姿勃发的青年王勃在《滕王阁序》中感叹："闲云潭影日悠悠，物换星移几度秋？阁中帝子今何在，槛外长江空自流。"崔颢在他那首著名的《黄鹤楼》中也说："黄鹤一去不复返，白云千载空悠悠。"曾一度位居人上的晏殊的《浣溪沙》也不得不无奈地望物自嗟："无可奈何花落去，似曾相识燕归来。"

花开花落又是一季，物是人非终将成为过去，岁月悲歌，人生几何？问时间能不能停止，问岁月能不能停留，问人事能不能止境……

可是，得到的回答，只是无声，留下的，只是孤独。凡夫俗子如我们，只有在人生的大起大落中感悟时间的奥秘。当有一天你蓦然觉醒时，它早已经从你慌乱的眼神中划过，在你的泪水中溜走，在你挽留的指缝间飘落……

人生岁月，在生命的时钟上，留下长长的印痕。梦想的翅膀翱翔在碧蓝的天空，留下一丝记忆。

无论是大唐的风流，还是清末的腐朽，终将成为历史。

时间跑过的声音，伴随我们奔跑的心。岁月的年轮一圈圈地转动，时间的脚步不会停歇，它仿佛永无倦意。记忆的长河，有过时间跑过的声音。

晨昏滚滚水东流，今古悠悠日西坠。虚空的虚空，万事都是虚空。

听时间跑过的声音，成熟在成长，路在远方，心在飞翔。“燕子楼空，佳人何在，空锁楼中燕”。在东坡之前，不知有多少人“为余浩叹”，东坡之后，亦将不绝吧。

为问东风余几许

想安安静静地写篇日记，不知道从何下笔，摊开本子，倚在床头，在台灯下枯坐良久却落不下片言只字。脑子里空空的，白天的那些灵感，好像一下子人间蒸发，荡然无存。

索性走开，去阳台上换换空气。

这个城市的夜色里，依旧霓虹闪烁，立交桥上穿梭不息的车流，那些时不时的鸣笛声，随着夜色渐深，慢慢地安静下来。天空下起了雨，细细密密地织成网，打在我伸出窗外的手臂上，凉而柔软。酥酥的，似千百条小鱼儿轻轻地吻着。

楼下，偶尔有车开过，溅开了淡淡的水花，在前灯映照下，可以看得清牛毛般的雨丝斜斜乱乱地射将下来，像细丝，像暴雨梨花针。小区里很安静，家家灯火通明。

风吹着院子里的白杨，哗啦啦的，不知是哪一家，晾在那健身器上的被子还没有收回。

走到书架边，不知道看点什么好，竟然随手抽出了一本《梦溪笔谈》。

我还记得，上大学的时候，第一次看到《梦溪笔谈》，对沈括佩服得不得了，我不知道生活在离现代那么遥远的一个古人，怎么会有如此多的智慧：书中的内容，上知天文，下知地理，精通音乐，甚至连卜算的才华都令人望而却步。

可是，后来又了解得多了一些，对沈括在著书之外的方面，便没有多好印象。这原因，也是和我所爱的东坡联系在一起的。

一些人往往有才却并不见得也有德，沈也算是其中的一人。他与东坡曾同朝为官，当时王安石都这样评价沈：“沈括小人，不可接近。”

早在熙宁六年，那时东坡还在杭州任通判，这位沈先生因为公差路过杭州。

在他出发之前，皇帝曾托他带一些苏东坡最近的作品回来，可见，东坡的才华还是征服了皇帝的，无论其他的人说什么，皇帝依然还是对他的诗文情有独钟。

沈括也不负圣命，果然收集了一些东坡的诗词文稿。

然而，这收集，却是有着另一番打算……

那一天，东坡早已得知沈括来到杭州的消息，于是在酒楼设宴盛情款待这位远方的“朋友”，两人谈得很是欢乐，东坡此时丝毫未察觉这其中有什么不妥。就在沈括临别前，他笑呵呵地请东坡手录近日写的一些诗词给他，带回去留做纪念，并流露出一副不舍的样子。

东坡自然欣然相赠，他哪里知道，这一赠诗险些使他遭受大罪。

回到了京城，这位沈先生拿出一支笔，且读且批注，他非常急于在东坡那字里行间找出一些莫须有的证据，来证明苏东坡对朝廷的不满。还真是功夫不负有心人，最后，他到底找到了那么一些“莫须有”，就这样，罗列罪名的阴谋开始了。

沈括兴致勃勃地向皇帝呈报了苏东坡新近的一些作品，当然了，不忘加上呈报自己的“读后感”，也就是他那“慧眼”发现的苏轼对朝廷不满的声音，说自己早已经觉得东坡是不法分子，看看现在，满腹的牢骚，对政治这也不满那也不满，竟然还隐讳地攻击皇帝，实在是令人忍无可忍。

好在宋神宗还不是糊涂透顶，他毕竟是发自内心地喜欢苏轼的，所以沈括的这份折子未被理睬，抛到了一旁。

东坡这一次是暂时逃过了一劫，有惊无险。他了解到这一段小插曲后，竟然还有心思开玩笑说：“哈，这下不愁皇上看不到我新写的诗了。”

不过，东坡还是被屡屡调动着。

后来，苏轼被调到了江苏太湖滨的湖州，这个地方要远远大过徐州，不但如此，湖州要比徐州不知要富庶多少倍。也许是朝廷为了褒奖东坡在徐州的政绩，也许是皇帝一向爱惜人才的原因。

就在他离开徐州去湖州上任的途中，和上一次离开密州一样，对这片自己曾经生活过的土地充满了感情，在这里，他曾治水到三过家门而不入，他曾与民同乐，他曾登楼赋诗。而今天，又要离开了。临行，东坡作下了那首留词《江城子·别徐州》。

小人不愿东坡过得舒服，便想出种种的阻拦。东坡虽然有着水来土掩的心态，可以无视小人的诬蔑与中伤，但对自己心底那份对所爱的人、所爱的土地、所爱的风景的感情，却是抑制不住的感伤。

对诗人来说，一个已经有了深深感情的地方，越是别离在即，越是伤断人肠。

漂泊，对一只已经厌倦了飞翔的大雁来说，是怎样的一种疲惫？

回过神来，放下这本没看几行，思绪便不知已经飞向哪里的书，望望窗外的万家灯火，我似乎知道自己现在特别想写点什么了。

小舟从此逝，江海寄余生

天纵英才。

纵观古今，可以说从没有一个人能够像苏轼那样，有如此广袤的才情——从《水调歌头》的“明月几时有”中来怀念胞弟，到《江城子》的“十年生死两茫茫”来悼念亡妻，真可谓上达天宫下至黄泉。才华能够高到此番的，古今当数苏东坡一人。

按理，文人与政客本该是两两无关的角色，可偏偏却又有“学而优则仕” 这一在人们头脑中已经根深蒂固的观念来怂恿历代文人去挑战险恶的官场，置身于纷纭的政治斗争中。

修身齐家治国平天下，孔子这一理论可以说是所有文人的政治追求。宋代大儒张横渠的“为天地立心，为生民立命，为往圣继绝学，为万世开太平”也成了古往今来的读书人所尊崇并为之奋斗一生的最高境界。

就是在这样崇高的精神支撑下，即便明知官场险恶，政治无常，还是会有千千万万的文人愿意怀着悲天悯人、兼济天下的赤子之心，义无反顾地投身科场，期待建功立业，给天下苍生送去福祉。

饱读圣贤之书，满腹的忠孝礼义信。心存浩然正气，仰，不愧于天，俯，不怍于地。

普天之下，也就只有文人才会天真至此。苏轼也是这万千文人中，不可免俗的一个。

凭借自己不可一世的才华和皇帝得天独厚的赏识，苏轼在入仕的时候，可以说是平步青云。

东坡啊东坡，在你胸怀天下，身居庙堂之高的时候，你可曾想过，那翻云覆雨、变幻无常的官场，怎会是你等耿直得不懂圆滑变通的不合时宜之辈安身立命的场所？那里又怎会是你实现梦想的大舞台？

历朝历代都一样，皇帝越是器重谁，谁也就越容易招致妒忌和诽谤。从这个角度上来说，似乎风头太大也不是什么好事。东坡的才华让皇帝都折服，而那朝廷的小人，又怎能没有越发红眼之说？

龙游浅水遭虾戏，虎落平阳被犬欺。所以，即便可以叱咤整个文坛的风云，可谓绝无仅有、举世无双，让所有人为其是瞻，甚至可以操控整个时代文学发展方向的文坛骄子苏东坡转而步入政坛也免不了会屡屡碰壁，惨遭同僚倾轧。

泱泱大国，上下五千年文明，定是靠文化才得以支撑。也正是如此，历朝历代都会有借文化而引起的动乱。苏轼作为宋代文坛的领军人，是文坛里的政客，更是政坛里的文豪，自然是难逃这文化带来的灾难。

终于，那场“乌台诗案”还是点燃了，皇帝本想放过东坡一马，无奈，周围有太多的小人不停煽风点火。

只能逮捕东坡。

临行，举家皆哀，苏轼的夫人更是悲不自胜。这时的苏轼，依旧保持着素日的淡然，实在不忍看着家人如此，便讲了个故事来安抚众人：

在宋真宗年代，皇帝要在林泉之间寻访真正的大儒。这时有人推荐了杨朴出来。可是，习惯了自由的杨朴实在不愿意涉足官场，但是拗不过，还是在护卫们的护送下进京了，这一去，直接要见的是皇帝。

在宫里，真宗就问他说：“我听说你会作诗啊？”

杨朴并不愿意在皇帝面前展露自己，他真的不喜欢做官，只怕自己稍一开口，便会被留困在这浮躁的京城了。于是说：“我并不会。”

皇帝当然并不满意这样的回答，他继续问杨朴说：“那来之前你的朋友们送你时，有没有人送诗给你呢？”

杨朴回答说：“没有啊，我那拙荆倒是写了一首不成文的小诗。”

皇帝立刻起了兴趣："是什么诗？快念给我听听。"

于是杨朴把临行之前夫人写的那首诗念了出来：

"更休落魄贪酒杯，且莫猖狂爱咏诗。

今日捉将宫里去，这回断送老头皮。"

想想东坡的夫人听到这首诗一定会破涕为笑吧。这个小故事曾记在东坡的笔记里。我想很有可能是这个风趣的丈夫为了安慰妻子而灵机一动，现编出来的。

好句"且莫猖狂爱咏诗"！填词作赋，也能遭此飞来横祸！

苏东坡的这一遭遇，让全城的百姓不知如何是好，他们也舍不得这个好太守离开。那天，东坡即将离去，在前往京城的路上，当地的百姓纷纷出来看太守起程，很多人当时便泪如雨下。

然而，官差的态度却完全不是这样。他们不顾所逮捕的是一位爱国忧民的诗人，从来到这里一直到押解东坡离去，一直都是蛮横无理。后来，苏东坡在给哲宗皇帝的上书中说，这些官差逮捕他就像逮捕强盗一般。

据目击者言："顷刻之间，拉一太守，如驱鸡犬。"

今天我们听来，真是既气愤，又有一份同情的心酸。

有人说，就在那次去往京城的途中，苏东坡几次想要自杀。后来他给皇帝上的表章中也提到，就是在扬州过江的时候，他一度想跳进江里。可是，想到家人，想到那几个爱着自己的朋友，他退缩了。

我觉得，这是最最使人得安慰的退缩。如若不然，还哪里有他后面人生更精彩的故事？

东坡的亲人们，也是幸运的，毕竟，当时他还活着。一切，只是虚惊一场。

人生难免有失意，难免会有生离死别，一切，只是一个时间问题。

"夜饮东坡醒复醉，归来仿佛三更。家童鼻息已雷鸣。敲门都不应，倚杖听江声。长恨此身非我有，何时忘却营营。夜阑风静縠纹平。小舟从此逝，江海寄余生。"即兴的一首《临江仙》道出东坡千帆过尽后无限的感慨和精神寄托。

▼《维摩演教图》（局部五）传北宋·李公麟　纵34.6厘米　横207.5厘米　北京故宫博物院藏

▼《维摩演教图》（局部六）传北宋·李公麟　纵34.6厘米　横207.5厘米
北京故宫博物院藏

可以说，东坡的一生是几度风雨，几度沉浮。从少年不凡的才子文人到科考出蜀，入京为官一方，从王安石变法那场汴京风云后的宦游江湖再到几乎改变了他一生命运轨迹的“乌台诗案”，苏轼可谓是经历了利弊得失皆尝遍的一生风雨。尽管总是这般坎坷这般惊心，他还是没有失掉一个文人应有的风骨——潇洒达观。所以即便是屡遭贬谪，身处悲凉境地，还是才气逼人，佳作不断。

小舟从此逝，江海寄余生。心有大天地，又何惧生活坎坷飘摇？在如此艰难险恶的境遇里，东坡能够拥有这样安宁恬淡的内心，追求着一种无羁绊无束缚的达观与洒脱，潇洒豁达地活着，把浮名与得失都看得淡然，其实是一种态度，一种信仰，也是对生命最完美的讴歌。

住在潮头来处、渺天涯

南歌子·八月十八日观潮

海上乘槎侣，仙人萼绿华。飞升元不用丹砂。住在潮头来处、渺天涯。

雷辊夫差国，云翻海若家。坐中安得弄琴牙。写取馀声归向、水仙夸。

读罢，不禁想起刘禹锡的《陋室铭》：

山不在高，有仙则名……

开篇便不俗。

斯是陋室，惟吾德馨……

于是会心地微笑，似乎可以读懂那“一箪食，一豆羹，回也不改其乐”的喜悦之情。

台痕上阶绿，草色入帘青。谈笑有鸿儒，往来无白丁。可以调素琴，阅金经。无丝竹之乱耳，无案牍之劳形。南阳诸葛庐，西蜀子云亭……

这简直是道骨仙风般的生活，有自己的小院子，有曲径通幽，有泠泠的琴声，有墨香的书卷。没有的，是那世俗的缠累。城市里整日忙忙碌碌的人们，羡慕吗？

在我的眼中，这些乐天知命、懂得享受简简单单的生活的人，都是最可爱的人，他们的心灵，可以超脱这个世界的条条框框，我行我素，以自己的方式享受生活。在某种意义上，总觉得他们是一群可爱的老顽童。苏东坡，是一个历史上活生生的老顽童。

东坡作词的高峰期，是从到了黄州才开始的。虽然黄州是长江边上一个特别小的贫穷的小城，但这困顿的生活环境依旧不妨碍苏东坡创作出妙不可言的作品的闲情雅致。一个聪明的人，总有办法化困难为乐趣。

元丰三年的正月初一，东坡出发了，他这一次和长子苏迈一起离开京都，起程到幽居之地黄州上任。在这里，东坡将要变为农夫的角色。苏东坡将要重新回到山野田间，回到父老乡亲中间。

日出而作，日落而息，采菊东篱，吟诗山林，渔樵唱晚，田垄耕吟……这些，将成为东坡日后生活的主色调，当然，也是他开始词业大兴时期的主要出场角色。

东坡初到黄州时，暂时住在定惠院，那个小寺院位于一个林木繁芜的山坡上，离江边还有一段路。在那里，东坡和当地的僧人们一起吃饭，每每在午饭和晚饭后，他习惯于在一棵山楂树下散散步，捋着胡子吟那么一首诗，就在这样悠闲的环境里，他写出不少可爱的诗作。

有趣之人在哪里都不缺少朋友，很快，东坡的身边就出现了一群慕名而来的朋友，常常以酒宴相邀请。不但如此，就是与他有一条长江之隔的朱太守，也时不时地送些酒食给东坡。

苏东坡似乎很喜欢这种村舍的生活，并也怡然自得。在下雨的日子里，他往往会睡到很晚才起床，然后翻翻书，练练字，吟吟诗。到了傍晚，吃过晚饭，这时雨也停了，夕阳无限好，于是出门散散步，在起伏不平的东山那里闲逛，或者到庙宇里看看老朋友，有时去朋友家的庭院走走，再或者，那里树荫掩蔽的溪流都是他很感兴趣的去处。

简陋的屋子，收容着这七尺之躯的诗意的男人，收容不下的，是他那自由的灵魂，和才华横溢的诗情。

有的时候，会有几个朋友到东坡这间简陋的屋子里喝茶聊天，之后，他们便会一同到长江两岸的山里游玩。那一带的风景真是大自然别具匠心的造化，丘陵起伏，百草丰茂。登高远眺，乡野风光如画。南岸有矾山，突立在湖溪交错的平原上。

在东坡的家眷也到了黄州之后，他那一段时间的生活算是彻底安顿了下来。然而，眼前又出现了新的问题：这一大家子人该如何养活？这是这位大才子所并不明了的地方。他的两个小儿子迨和过，这时都只有十多岁。好在那里的太守也很仰慕东坡，准许这一大家子人还继续住在那临皋亭。那里后来也因苏东坡住过而流芳千古。

其实，这个临皋亭本来只是一个驿站，当时宋朝的官员走水路的时候可以在那里小住一段时间。天性乐观的苏东坡曾在给朋友的信里写道："寓居去江无十步，风涛烟雨，晓夕百变。江南诸山在几席，此幸未始有也。"

那个地方确实也有几分幽美，然而，这风景的美丽更重要的是在于观看之人，在不同人的眼中，它展现出的似乎也并不完全相同。东坡将它写得那样妙不可言，恐怕还是主要来自他的想象。

后来，在那房子边上又加了一间书斋，东坡自是高兴不已，他逢机会便得意地向别人展示说，他常常午觉醒来忘了自己在哪里，于是就把窗帘拉开，坐在榻上，望望江上的风帆，看看那水天相接的景色一片苍茫，天地间的情思也一齐纳入胸怀了。

然而，他情有独钟的那间简陋的小房子，让别人一旦真的看见，恐怕并不觉得有怎样的美妙了。

后来梁实秋先生那著名的"雅舍"，也不过是"火烧过的砖，常常用来做柱子，孤零零地砌起四根砖柱，上面盖上一个木头架子，看上去瘦骨嶙峋，单薄得可怜；但是顶上铺了瓦，四面编了竹篦墙，墙上敷了泥灰，远远地看过去，没有人能说不像是座房子"。这栋建筑为砖柱木架，瓦顶夹壁，有屋六间，分高低两磴，梁实秋住一室一厅。这是一栋典型的"陋室"，然而，梁实秋住进后，却宾客盈门。一批骚人墨客，经常聚会于此，吟诗作画，弹琴对弈，热闹非凡。梁实秋在"雅舍"寓居七年，创作《雅舍小品》二十篇，反响很大，轰动一时。他去台湾后，将《雅舍小品》出成专集，再版三百多次，世界上凡是有华人的地方，就有《雅舍小品》流传。

因此，"雅舍"之名也不胫而走，随这部文集名噪于世。

可见，简陋的房子往往都是由于居住人的真正高雅而“蓬荜生辉”起来。

谈笑有鸿儒，又何陋之有？

临皋亭其实也和梁实秋的“雅舍”一样，并不见得可夸，也是风光之美一半得于所在的地方，另一半则在观赏风景的人。苏东坡是诗人，而且我们知道，是极富生活情趣的诗人，所以往往可以在旁人所不注意的地方看到别样的美。他曾在札记里写道：“东坡居士酒醉饭饱，倚于几上。白云左缭，青江右洄，重门洞开，林峦坌入。当是时，若有思而无所思，以受万物之备。惭愧，惭愧。”

这是怎样一种自得其乐的心态啊！

东坡在给另一个朋友写的信里说得更幽默了：“临皋亭下八十数步，便是大江，其半是峨眉雪水，吾饮食沐浴皆取焉，何必归乡哉！江山风月本无常主，闲者便是主人。闻范子丰新第园池，与此孰胜？所不如者，上无两税及助役钱耳。”

从临皋亭，东坡可以望到长江对岸的锦秀山色。他有时穿着芒鞋拄着竹杖四处郊游。或者雇一条小船，和渔夫一起畅快地聊着天饮着酒，消磨一天的时光。他的朋友很杂，各行各业的都有，比如酒监、药师、医生、农夫等，东坡的可爱处之一是，他并不把人分为三六九等，觉得一切人都有他可爱的地方。后来他的弟弟子由这样评价他：“其于人，见善称之如恐不及，见不善斥之如恐不尽，见义勇于敢为，而不顾其害。用此数困于世，然终不以为恨。”

这样的品格在这个世界上尤其难能可贵。

因为东坡这样亲和可爱，所以大家并不和他见外，甚至东坡常被喝多了的醉汉东推西搡或粗语相骂，“自喜渐不为人识”。可能当有一天，东坡从一个万众瞩目的生活状态回到凡人的世界里，也是获得了身心的解脱吧。

他这房子后面有一个小丘，站在小丘上，下面乡野的景色一览无余。东坡西面的邻居姓古，有一片很大的林园，种的都是竹子。竹子长势非常好，那竹干的周长往往都有六寸。人走在竹林里，常常被叶子遮挡得看不见太阳。苏东坡非常喜欢在这浓荫里纳凉，消磨酷暑。

有一段日子，天旱了好久也不见一滴雨下来，后来终于迎来了一场难得的大雨。久旱逢甘霖，东坡和农人们一样，快乐得不得了，他作诗道：

> 阴阳有时雨有数，民是天民天自恤。我虽穷苦不如人，要亦自是民之一。
> 形容虽似丧家狗，未肯弭耳争投骨。倒冠落帻谢朋友，独与蚊雷共圭荜。
> 故人嗔我不开门，君视我门谁肯屈。可怜明月如泼水，夜半清光翻我室。

……

境由心生。记得内心颇为安静的友人告诉我说：一个人的处境是苦是乐常是主观的。有人安于某种生活，有人不能。因此能安于自己目前处境的不妨就如此生活下去，不能的只好努力另找出路。你无法断言哪里才是成功的，也无法肯定当自己到达了某一点之后，会不会快乐。有些人永远不会感到满足，他的快乐只在不断的追求与争取的过程之中，因此他的目标不断地向远处推移。这种人的快乐可能少，但成就可能大。

一介被贬之人，能够有如此胸怀和心境，实为不易。

“他只不过是个人，和我们一样是一个普普通通的人。他有尊严，有才华，有软弱，有孤独，他所需要的只不过是一个简简单单的地方，写些他认为简简单单的诗，他需要空间，就像我们也需要空间一样，一样自由”，余秋雨在《东坡突围》中如是说。

是啊，只要有个属于自己的自由的空间，还有心情去欣赏美丽人间，那身在何处又何妨？

枫落吴江冷

所谓寂寞，是一种很微妙的情感。很多人，不知道为什么，自己一个人独处的时候，心里就莫名难过，这感觉，是一种落寞，有一种淡淡的被遗忘的忧伤。可是，还有些时候，明明是和大家在一起，也会有这样的寂寞感觉。有人说，孤单，是一个人的狂欢；狂欢，是一群人的孤单。

人，总是笑着笑着，就长大了；长大之后，却笑着笑着，就哭了。

在各种情感中，唯有寂寞，最能吞噬人的灵魂。

宋词中，一向不乏寂寞的灵魂。它婉转柔情也妩媚多姿，深入骨髓地沁到每个人的最坚硬处，也是最柔软处。无论是那细腻而柔情的李清照、柳三变，还是慷慨豪迈的辛弃疾、苏东坡。

而对现实失望过多了，这种寂寞会引导人走向大自然，因为人觉得自己实在渺小，没有勇气，没有气力，去面对这个茫茫天外天的世界，只好随遇而安。

活在当下，才是正途。

经历了一波又一折的东坡，也开始把目光转向了平淡。

东坡被贬到黄州的那一年，弟弟子由把全家留在九江等候，自己送哥哥的家眷回来。他带着嫂嫂王闰之及朝云，还有两个孩子，顺长江而下前往黄州，这时的东坡，生活才真正开始。

陶渊明说：复得返自然。

遥想东坡当时站在那江头，内心应该也是对那逝去的江水感叹吧。

可是，人毕竟还是要生存，在不能保证物质的时候，一切美景又有何意义?

似乎是鲁迅先生说过的意思大概这样的话，一个穷人饿得两眼放光的时候，是不会有心情欣赏那园子中美丽的花朵的。

东坡所到的黄州地处长江边上，在宋代还是一个很不起眼的小地方，气候潮湿，常有雨水。那里的人和之前东坡所在的密州等地的差不多，也是贫穷得很。这对他来说，又是一个考验。

来到了这里，东坡第一件事，便是向黄州太守报到。这时的黄州太守徐君猷早就听说过苏东坡的大名，他非常喜欢这个朋友，所以对东坡是相当热情。今天，他送来一些美味佳肴；明天，他又派人送来一壶陈年好酒。还有的时候，他干脆直接请东坡出来一醉方休。就在离黄州不远的鄂州，东坡的朋友朱太守也时不时地会送来一些好酒好饭。生活，暂时是不愁了。

这之前，在他等待家眷的日子里，东坡的日子过得还是很安逸的。他既不用去担心朝廷上的这事那事，操些不被认可的心，也不用去点灯熬油去看地方的案子之类的东西。早上早早地起床，听听江涛拍岸，听听小雨哗哗，四处走走看看，倒也自在。

不过与之前相比，此时东坡的心境还是有了一定的变化。他在湖州上任仅三个月就被捕，这期间曾作《南歌子·湖州作》一首：

山雨潇潇过，溪桥浏浏清。小园幽榭枕苹汀。门外月华如水、彩舟横。

苕岸霜花尽，江湖雪阵平。两山遥指海门青。回首水云何处、觅孤城。

那时苏太守的眼中，“月华如水、彩舟横”的江中，意气风发“回首水云何处”，神游天边“孤城”！

而第二年二月再到黄州的他，同样填了一首《南歌子·感旧》，文笔相近，意境却大为迥异：

寸恨谁云短，绵绵岂易裁。半年眉绿未曾开。明月好风闲处、是人猜。
春雨消残冻，温风到冷灰。尊前一曲为谁哉。留取曲终一拍、待君来。

这时的东坡虽有好风明月，却实在难以消解内心深处对亲朋的思念之情，以致宴席酒歌难欢畅，口边咽下“曲终”之末句，以待他日君来。寂寞，正在悄悄地进入东坡的心灵。

有人说，这时东坡思念的是亲人，而需要的是朋友。

没错。

以前的东坡喜于忙里偷闲，而现在，他变成了苦中作乐。可是，也就是在这一段最寂寞无助的时期，无法离开笔墨的词人书写着词史上最辉煌的作品。

这时的苏轼在黄州定惠院居所里，写下了那首寂寞清凉的《卜算子》，词牌下面有黄庭坚的题跋作注：“东坡道人在黄州时作，语意高妙，似非吃烟火食人语。非胸中有万卷书，笔下无一点尘俗气，孰能至是。”

卜算子

缺月挂疏桐，漏断人初静。时见幽人独往来，缥缈孤鸿影。
惊起却回头，有恨无人省。拣尽寒枝不肯栖，枫落吴江冷。

一首凄凉萧瑟的词，一张忧郁深情的脸，在这万家灯火已近阑珊的夜里，宇宙都变得寂寞起来，在这茫茫的夜色里，东坡一个人形单影只，思绪缥缈。

回首再去看往事，一切都随烟散去，无所谓什么爱与恨。

奈何这冷冷清清的黄州，没有人明白我寂寞的苦楚。情寄寒枝，吴江冷落，栖处难寻，拥有的，绕来绕去，依旧还只是那份寂寞。

寂寞，磨损了眉头，徒添人的白发。本已经很是静谧的夜色，变得更加静得让人难挨。东坡看世间万物一向以一颗平常心，去认知，去体验。可是，唯有这“有恨无人省”的寂寞，在它面前，他束手无策。

真梦里、相对残红

满庭芳

有王长官者，弃官三十三年，黄人谓之王先生。因送陈慥来过余，因赋此。

三十三年，今谁存者，算只君与长江。凛然苍桧，霜干苦难双。
闻道司州古县，云溪上、竹坞松窗。江南岸，不因送子，宁肯过吾邦。
摐摐。疏雨过，风林舞破，烟盖云幢。愿持此邀君，一饮空缸。
居士先生老矣，真梦里、相对残红。歌舞断，行人未起，船鼓已逢逢。

真梦里、相对残红。

人们说，日有所思，夜有所梦。人生不如意者十之八九，不可能事事心想事成，一些情感，一些回忆，一些怀恋，只能在梦中重温。

大诗人白居易在《长恨歌》中曾描写过唐明皇与杨贵妃那段缠绵、浪漫而悲凉的爱情故事：

自从那安史之乱以来，渔阳鼙鼓也轰隆隆地不甘寂寞，致使九重城阙起烟尘。没奈何，唐明皇只得带上爱妃杨玉环，向西南逃遁而去。当大队人马来到离都城长安百余里之地时，众将士如何也不愿再向前行，要求将所谓的祸水起端杨贵妃赐死。在众人的坚持下，唐明皇无奈，只得让高力士将杨玉环用三尺素练勒死在马嵬坡上。

然而，毕竟杨贵妃是唐明皇最最爱恋的人，怎么会这样决绝地说割舍便割舍得下？唐明皇避乱来到四川之后，终日思念杨玉环。后来，他听说临邛有一个道士，年幼时遇到一个高人教给了传召之术，役命鬼神，没有敢不奉命而来的。于是，唐明皇便召见了这个道士，让他帮寻找日夜思念的杨贵妃。道士领命而去，两日中遍游了天上地下，都没有访到杨玉环。

第三日，道士终于在海上仙山上找到杨贵妃，原来是女仙太真。太真对道士说："皇上乃上界太阳朱宫真人，我是太上老君侍女。因为我们有宿世之缘，所以才谪下凡间做了夫妻。十二年以后，我们自然会再聚首的。"说完，便取出一支金钗分为两半，取半支金钗跟道士说："你将这件东西送给皇上看，他看了便知。"

这是诗人笔下浪漫的爱情故事，与梦境有关。在古代，由于人们对神秘的梦还没有什么科学的认识，往往充满了好奇与猜想。于是，关于梦的神话传说、民间奇闻，便使中国古代文学史增添了一朵朵奇葩。人们将现实中不能实现的渴望，诉诸梦境，如黄粱一梦，一系列的传奇故事被人们寄寓无限美好的向往。然而，梦境毕竟是梦境，当有一天，梦醒时分，你会发现，梦里纵使花朵开得千般艳、万般好，醒来眼前看到的也不过是雨打芭蕉，远处是落红一地。

开篇的那首词，是元丰六年（1083年）苏东坡在黄州写下的。所谓，树倒猢狲散，一个人在潦倒之际，往往最能体会到人情冷暖。当时苏轼的许多朋友或怕株连，或避嫌疑，纷纷疏远了他，使他备感世态炎凉。

所以，这时有一位知音到身边，对东坡来说是得到了莫大的安慰。

三十三年，这么长久的日子了，沧海桑田变化了多少轮回，旧日的朋友们，有的已经归于尘土，有的已经杳无音信。算算现在还可以有机会把酒共盏的，也只有你和这长江水了吧？

那一年的东坡，对于这友情的思考，对于这人生的意义的思考，占据了他整个脑海。

在对知心朋友的称赞方面，苏东坡是从不吝惜笔墨的。

在这深醉的时候，仿佛梦中一般，让人忘记了现实的琐碎，让人抛开了现实的烦恼，难怪柳永也要"拟把疏狂图一醉"，醉了，就忘记这世间一切的烦恼了；醉了，岂不是人生最佳的存在状态？

然而，天亮以后，人总会从醉中醒来，面对现实的残缺，即便像唐明皇这样的帝王尚且奈何不得梦境与现实的捉弄，何况平凡之人？远方的挚友终要离开，那船上的鼓已经咚咚地被敲响，催促声不免令人懊恼。苏东坡与朋友的话并未尽意，情更未了，满是惜别。

如果一切的现实不如意，都可以在梦中得到解决，那该有多么完美。

醒醒吧。

人间有味是清欢

浣溪沙

细雨斜风作晓寒，淡烟疏柳媚晴滩。入淮清洛渐漫漫。

雪沫乳花浮午盏，蓼茸蒿笋试春盘。人间有味是清欢。

初春，飘飘洒洒的霏霏细雨，轻如游丝。细风拂过，还能感到略有寒意。淡淡的烟霭，缓缓升腾，四下飘散了去。河边的柳树，枝条稀疏，嫩芽初发，黄绿相间，若隐若现，柔软的柳条，宛如细丝，随着微风轻轻摇曳飘荡着。岸两边，因为有如此点缀，更加显得风和日丽，景色妩媚了。

洛涧之水，清澈见底，潺潺流动。极目远望，颇有苍茫浩渺之感，就如同一条宽阔的白练，直直地注入淮河，倏忽又消失在远方……

不觉已到中午时分，随行仆人，春茶野餐，俱已呈上。茶为新绿，茶具亦古朴，注入沸水，顿时香飘四溢，有沁人心脾、清新怡然之感。啜之口感绵软，呷之凉润，风味独具。说它似雪沫乳花，亦不为过。

此等野味春盘，不仅赏心悦目，也着实令人垂涎——蓼茸嫩芽，黄中有绿，绿中有黄，黄绿相间，稚嫩可口；蒿笋芳香，更不乏清脆。

值此迎春之喜，入时之兴，有此等质朴醇厚的天然美食，任人尽情去享用，心情自然是畅快舒适的，若不然，纵是享用珍馐御食，也是难得其味的啊！

在如此清新自然的美景中流连忘返，是极其美好的享受！心灵仿佛和大自然融为一体，思想和情感都能够得到超越。在这种原生态的自然美景之中，不断思索，感悟人生真谛，便是一种极致的生活……

苏轼用一阕清丽简约的《浣溪沙》将一幅清新自然的初春美景淋漓尽致地勾画出来，让我们看到了一位生活闲适、与世无争而又意境高远的单纯诗人。

远离了尘世的喧嚣，没有了思想的羁绊，除去了心灵的枷锁，将心情彻底放飞，让其于广袤的天空中自由翱翔，心无旁骛，无拘无束，才称得上是人生的一种至美至纯的境界。

此时的苏轼，已是经历过人生大喜大悲、宦海浮浮沉沉之人。在千帆过尽之后能够拥有如此心境，实为不易。但也许正是他人生中的种种大不幸的经历，才造就了他生命中这份得天独厚的豁达。

“人间有味是清欢”，此等滋味，应是世人的清心寡欲，也应是人人心底都拥有的一份温暖的人间大美。

积极，乐观，向善，豁达，从容，不迫，都应涵盖其中才是。

从这位近知天命的诗人身上我们可以看到，有一种情怀，简单平凡，却心系天下黎民苍生；有一种生活，不浮不躁，却妥帖闲适淡定且从容；有一种胸襟，不争不抢，却兼容了天地间的浩然之气……

这是“乌台诗案”后，苏轼留于后世的财富，也是他生命里成熟的重要标志。

有位文人说：“成熟是一种明亮而不刺眼的光辉，一种圆润而不腻耳的音响，一种不再需要对别人察言观色的从容，一种终于停止向周围申诉求告的大气，一种不理会哄闹的微笑，一种洗刷了偏激的淡漠，一种无须声张的厚实，一种并不陡峭的高度。”

如他所说的成熟。成熟的苏轼就好比脱胎换骨一般，在这个给过他无数伤痕的现实中清心寡欲地生存着。

安意如说，身为女子，通常会陷入一种矛盾中，即你是要自己的夫婿出人头地，还是无风无浪，做个寻常居家男子，与你柴米油盐，度此一生？绝不是现在的女人才有这样选择的烦恼，否则古时就不会出现那么多闺怨诗，也不会有人叹“悔教夫婿觅封侯”，更不会有人怨“早知潮有信，嫁与弄潮儿”。

男人，若无事业，等同于在这世上无自身的价值，失去现实的土壤，久了，自然会光彩暗淡，变得落寞暴戾。嫁给这样的男子，待时光洗去淡泊，剩下无聊时，你还能这样心无别念地爱他吗？

“乌台诗案”，一场虚惊，虽不曾丧命，但却没了仕途。团练副使，只是徒有虚名的摆设罢了……

但明哲豁达如苏轼，是断不会为此就放弃自己丰富的生活的。虽是谪居黄州，可心里依旧有属于自己的舞台。

苏轼爱美食，曾作诗曰，“自笑平生为口忙”“我生涉世本为口”。即便是被贬谪至海南，还会作诗慨叹，“日啖荔枝三百颗，不辞长作岭南人”。只因区区荔枝就希望长做岭南人，此等愿望，何其纯粹。

在当时的黄州，猪肉非常便宜，便宜到什么程度呢？据后来的人们说，东坡曾经作过一首打油诗，来纪念黄州猪肉的物美价廉：

黄州好猪肉，价贱如泥土。
贵者不肯吃，贫者不解煮。
早晨起来打两碗，饱得自家君莫管。

这首打油诗和东坡诗词一贯的风格相差十万八千里，很有可能是后人杜撰出来的。我们知道，名人们常常有一些故事是百姓喜欢在茶余饭后坐下来插科打诨的，尽管这其中不少是后来编出来的故事，却是活灵活现。这个苏东坡和猪肉的故事，或许也有一份夸张在其中，不过，东坡一生对猪肉情有独钟，却是不争的事实。也确实有好多流传下来的和猪肉有关的好玩的典故。

虽然猪肉便宜，可是，有身份的人都不屑去吃猪肉。而没有什么钱的百姓，又不知道这猪肉该怎么做才能做出些特别的美味来。东坡的办法又来了。

据说，东坡对美食是有相当一番研究的。他在得知黄州的猪肉这么便宜后，更是喜出望外，于是亲自操刀，上起灶来。他告诉人一个炖猪肉的方法，极为简单，就是用很少的水煮开之后，用文火炖上数小时，当然要放酱油。做完了这些工序，一锅香喷喷的色香味俱全的肉就可以上桌了，当地的百姓给它起了一个名字，这个名字我们今天也常常听到：东坡肉。

现在的东坡肉真的已经传遍神州了，无论南北，大众都喜爱非凡，尤其杭州人更喜欢吃。人们都认为东坡肉是东坡在杭州任太守的时候发明的美味，其实，对于猪肉的做法，他在做徐州太守的时候就早已精通。那时的情况是……

徐州洪水退去了，很多百姓杀猪宰鸡，给东坡送来，他们对这位清官，是如此感激。诚然，这是百姓的一片心意，而善良的东坡知道大家都不富裕，并不愿意收这些礼物，可是盛情又推却不掉。他便索性全都收下，然后自己亲自指导家人下厨，把这些肉做成美味诱人的红烧肉，回赠给参加抗洪的百姓。

大家吃了以后，都觉得这肉肥而不腻，一致把它称作“回赠肉”，这之后，“回赠肉”在徐州一带便流传开来，直到今天，还是当地的一道传统名菜……

后来东坡重新回到杭州做太守，疏浚西湖，筑堤建桥，使西湖的面貌焕然一新。杭州的百姓同样纷纷抬来猪肉酒水送给东坡。

同样，这一次，东坡还是让家人把肉切成方块，烧得红酥酥的，然后分送给在西湖边上做工的人们品尝，几乎所有人吃了之后都赞叹不已，从此，“东坡肉”的名字也诞生了。

所以我们看到，东坡肉实际上是发源于徐州，成名于杭州，一直流传到今天。

关于东坡喜欢吃肉，不妨在这里再提一个小故事。很多文人雅士居住的地方都喜欢栽些竹子，东坡也不例外。他曾写过一首诗说：

宁可食无肉，不可使居无竹。无肉令人瘦，无竹令人俗。

人瘦尚可肥，士俗不可医。旁人笑此言，似高还似痴。

……

有趣的人在的地方，有趣的事也总是相伴而行，后来人们将这首诗稍稍作了一下改动，便成了下面的样子：

无竹令人俗，无肉使人瘦。不俗又不瘦，竹笋焖猪肉。

另外，因为黄州地处风光怡人的水畔，鱼虾也丰富得很。对于鱼，东坡亦是情有独钟的，他做鱼的方法，今天好多人还在沿用。他先选一条鲤鱼，用冷水洗，抹上点儿盐，里面塞上白菜心。然后放在煎锅里，放几根小葱白，不用翻动，一直煎，半熟时，放几片生姜，再浇上一点儿咸萝卜汁和一点儿酒。快要好时，放上几片橘子皮，趁热端到桌上吃。

他又发明了一种青菜汤，就叫作东坡汤，做的方法就是用两层锅，米在菜汤上蒸，饭菜同时全熟。下面的汤里有白菜、萝卜、油菜根、芥菜，下锅之前要仔细洗好，放点儿姜。在中国古时，汤里照例要放进些生米。在青菜已经被煮得没有生味道之后，待蒸的米就放入另一个漏锅里，但要留心莫使汤碰到米，这样蒸汽才能进得均匀。

东坡简直是美食界的艺术家，对于这些别出心裁的食物做法，真不知这样一个文学家是怎样琢磨出来的。

元杂剧中，有一首《当家诗》："想你当家不当家，及至当家乱如麻。早起开门七件事，柴米油盐酱醋茶。"这首打油诗很有意思，这琐碎的生活中，总有那么一些叮叮当当的小插曲，让你手忙脚乱，可是，这些小插曲，却是生活离不开的。就是在现实中，我们也看到有很多大男人，看起来心粗忘事，可是，一到这些小小的蔬菜鱼肉上面，就变得细腻无比，一勺盐、一滴油，在他们的手里都成了艺术的点缀。

"人间有味是清欢"，其实就美食本身来说，就是一种独特的艺术。

第二章 俯仰人间千古

人生底事，来往如梭

满庭芳·归去来兮

归去来兮，吾归何处？万里家在岷峨。百年强半，来日苦无多。

坐见黄州再闰，儿童尽、楚语吴歌。山中友，鸡豚社酒，相劝老东坡。

云何，当此去，人生底事，来往如梭。待闲看，秋风洛水清波。

好在堂前细柳，应念我、莫剪柔柯。仍传语，江南父老，时与晒渔蓑。

很多人喜欢用“人生如戏”这个词，人生如戏，一切一切都将有一日成为过眼云烟，他们问：何必执着呢？人生如戏，只是这剧本中的剧情，总是不由人自己把握，被剧情推着走向未知，似乎也成了人们不可推却的情节。

东坡是不可能常居在一处的，这似乎成了他的宿命。神宗元丰七年（1084年）三月初，他的谪居地由黄州变为汝州。在临出发前，他和友人们好好地聚了一回。“归去来兮，吾归何处”？连东坡自己也不知晓，匆匆的人生已经走过半百，友人们的相送，见证着再聚的时日无多。

人生的繁杂事情种种，来来往往无休无止。时间，就这样流走，流走悲欢离合，聚散人间。与朋友，与兄弟，与骨肉，终将有离别的一天，只是这一天，有时来得是那么突然，真的像一出自己无法驾驭的戏剧般。

刚刚离开黄州，将要前往汝州上任的东坡，顺路去看望了弟弟子由。

东坡这时已经四年没见过子由了，还没到弟弟那里，三个侄子已经走出八里地来迎接这个伯伯。到了家中，兄弟俩久别重逢甚是激动。可是，东坡并不觉得子由的气色好，倒是更肥胖了些，他看起来并不是很健康。

东坡：“子由，你看起来似乎很憔悴啊。”

子由：“因为最近夜里费好多时间在练瑜伽术。”

是的，谁不愿意自己可以在这缤纷的世界多停留片刻呢?

苏东坡在子由这里住了六七天，这之后，乘船顺流而下到了九江，好和家人相聚。一家子人顺着长江往下游走，七月到了南京。

东坡虽然一生中才华横溢，有着别人所望尘莫及的满腹才情，但是，这并不是说，他毫无缺点。东坡的缺点，在于他过于自信。

那一段时间里，笃信佛教的东坡，不知怎么，竟然相信自己是五祖戒禅师转世。东坡是过于自信了，就是这样，现实还是给了这位佛家信徒一记响亮的耳光。

因为，刚刚到南京，朝云，这个最称得上是他的红颜知己的人，为自己生的儿子仅仅十个月大，便离开了人世。

身为父母，如果有人问起他们最大的愿望，几乎都会说：希望孩子可以健康快乐地成长。有人说，父母的快乐、忧伤和恐惧，都是不会向子女显露的，他们不会说出自己的快乐，也不能吐露忧伤和恐惧，子女使他们的辛勤劳动变得甜蜜，但也使他们的不幸更加糟糕……

这个世界上最残忍的事，我想，莫过于父母看着自己的孩子在眼前死去，自己却无能为力。这痛苦，对为人父母的他们来说，简直是刻骨铭心的切肤之痛。

一段残忍、生离死别的故事，就这样发生在朝云和东坡的身上。

这是朝云在黄州为东坡所生的，也是朝云这一生拥有的唯一孩子。

古时候，虽然婴儿夭折是很平常的事情，毕竟那时没有什么良好的医疗条件。可是，这对于父母，都还是一个不小的打击。东坡，也是一样。

这个极大的痛苦落在了这个似乎已经将一切看淡的中年人身上，那些日子，没有人见过这个中年人眉毛展开的时候，他一直老泪纵横，悲恸欲绝。

这是上天对自己开的怎样的一个玩笑!

东坡写了一首长诗，一面，是悼念自己的幼子；一面，也记下了朝云那抹不去的伤痛：

> 吾年四十九，羁旅失幼子。幼子真吾儿，眉角生已似。未期观所好，蹁跹逐书史。摇头却梨栗，似识非分耻。吾老常鲜欢，赖此一笑喜。忽然遭夺去，恶业我累尔。衣薪那免俗，变灭须臾耳。归来怀抱空，老泪如泻水。
>
> 我泪犹可拭，日远当日忘。母哭不可闻，欲与汝俱亡。故衣尚悬架，涨乳已流床。感此欲忘生，一卧终日僵。中年忝闻道，梦幻讲已详。储药如丘山，临病更求方。仍将恩爱刃，割此衰老肠。知迷欲自反，一恸送余伤。

那之后，朝云没有再要过孩子。母亲痛苦的心情，我们可以想象。而父亲的痛苦，却是不轻易表露的，他深深地埋藏在心里。

又想到了东坡离开黄州前那词句：人生底事，来往如梭。一切来得太突然，去得，更让人痛苦到措手不及。

东坡那极致质朴的亲情倾注于诗中，沉痛地回忆爱子的音容笑貌，和自己是如此相似。有人说，孩子是父母生命的延续，说得很对，人生命的繁衍，就像这接力棒一样，代代相传。可是，东坡现在失去了他最爱的最小的孩子。这个未满周岁，就已经能够学步玩书的小孩子，摇头拒绝梨栗，就像那已经懂得谦让的小孔融。

已经年近五十的东坡，仕途坎坷，在外面遭受到种种的不公和污蔑，唯有回到家中，才能感受到些许爱的温暖。以前回来，还有小孩子的呢喃叫唤，对孩子的喜爱抚平了心中所有的累累伤痕。可是现在，再回到家中，怀抱却空空如也，怎能不使人老泪纵横？

男儿有泪不轻弹，只因未到伤心处。

有多少硬汉，在这个大千世界里，呼风唤雨，似乎没有人，可以让他们流泪，让他们跌倒。可是，唯有在自己的孩子面前，或者说，有关自己的孩子的生死时，他那最脆弱的一面，暴露无遗。东坡也不例外。

长恨此身非我有

柳絮落在水面上，化而为萍。人生事，多聚散，似浮萍。

杜少陵说“人生七十古来稀”，当然，人生最长近百年，百年苦短，过尽千帆，有喜也有忧。颠簸浮沉大半辈子，闲看庭前花开花落，漫随天外云卷云舒。四季轮回，岁月挤走了稚气无知、心高与虚伪；春去秋来，人到暮年带给我们成熟与真实。

人生如浮萍，本是无根生，也有羁绊和牵挂。一叶浮萍归大海，人生何处不相逢？淡定的胸怀，是异乡漂泊的游子必须拥有的。

苦中作乐，是文人的一种人间情怀。

从居住到饮食，初到黄州的苏东坡也几乎悠闲自在，与之前在牢里不知明天会怎样的那个时候比起来，如今真是神仙般的生活。

其实，很多事物原本并不怎样惊人出众，只是因为遇到了一位诗人，它的光辉形象便从此树立起来。黄州其实也不是一个怎样风光秀丽的地方，但是，这时不同了。

因为东坡来了，他以自己天马行空般的想象，对月饮酒谈心，乘船游江，这些合而为一，诗人的日子应该是舒服极了。

庄稼都已经种好了，财务方面也没有什么可操心的，东坡现在衣食充足，他开始享受每一个阳光灿烂的日子。

像东坡这样的有趣之人，走到哪里，都不会缺少朋友。在黄州，他身边仍旧有一群朋友，像他一样，有大把大把的自由时间，钱虽然不多，闲情却是不少。这些朋友里，有一个叫李岩老的，非常特别。

这位叫李岩老的朋友之所以被今天的我们知晓，也多亏了东坡曾在笔记里记他的睡觉功夫，觉量惊人。据说，有一次午饭之后，一群朋友正在下棋，这时候李岩老懒洋洋地往躺椅上一仰，没过几个数的工夫就睡着了。

朋友们已经下了几盘棋，李岩老翻个身说："我刚睡了一回合，你们战几回合了？"

不但觉量大，据说，这位朋友还在四脚棋盘上用一个黑子独自作战。"着时自有输赢，着了并无一物"。此等生活真是睡梦丰足，苏东坡用下面欧阳修的一首七绝描写得很美：

夜凉吹笛千山月，路暗迷人百种花。
棋罢不知人换世，酒阑无奈客思家。

一觉睡到不知今是何世，实在也是一种境界……

这倒让我想到了唐代的刘禹锡，他的一首《酬乐天扬州初逢席上见赠》中有这样两句："怀旧空吟闻笛赋，到乡翻似烂柯人。"

一醉往往解不了千愁，相反，只会借酒浇愁愁更愁；而一觉则不同，梦里，或许就不会有人间的那些纷纷扰扰了吧。

东坡现在在农舍雪堂和城中的临皋亭两处住，每天两处往返。那不过是一段泥泞得不能再泥泞的路了，可是，却成了文学史上一段著名的路。

在过了城镇里那一段小土坡之后，就到了黄泥坂，一直通到起起伏伏的丘陵。从那里向四周一望，似乎一片全是黄色，除此之外，还有星星点点的苍翠树木和碧绿的竹林点缀。我们可能会想起来，东坡在徐州的时候建有黄楼。现在，他住在黄州，天天都要穿过黄泥坂才能到达黄岗。看来，东坡和黄楼黄州黄泥坂，还真是有一种莫名的关系，或许这也是命中注定的吧。

东坡在这时已经脱去了文人的长袍，也不再戴那文质彬彬的方巾，他穿上了农民的短褂子，这下，他彻头彻尾真成了一个农民了。其实，他很享受这种不被人认出的休闲时光。

每天，他来来往往地走着这段泥路，在耕作的空闲时光，也到城里去访访友人，喝喝小酒。回来有时在路上竟然走着走着就睡了过去，等到傍晚夕阳西下，好心的农民路过把他叫起来时，他才发现不知道什么时候自己醉得倒在了路旁的草地里。

这一天，他又喝醉了，写出了一首《黄泥坂词》，林语堂先生把它称作“流浪汉狂想曲”，这词的结尾部分是这样的：

朝嬉黄泥之白云兮，暮宿雪堂之青烟。
喜鱼鸟之莫余惊兮，幸樵苏之我嫚。
初被酒以行歌兮，忽放杖而醉偃。
草为茵而块为枕兮，穆华堂之清宴。
纷坠露之湿衣兮，升素月之团团。
感父老之呼觉兮，恐牛羊之予践。
于是蹶然而起，起而歌曰月明兮星稀，
迎余往兮饯余归。岁既宴兮草木腓，
归来归来兮，黄泥不可以久嬉。

黄泥不可以久嬉，东坡的抱负其实并没有改变，眼前的享受农家生活，只是他不得不为自己的生活找到一个情趣上的出口。

有时，东坡夜里泛江饮酒，触景生情，创作出了好多不朽的杰作，这其中有诗，有词，也有散文。最出名的一次，在一个夜里，东坡在江上的一条小船中喝酒，水波淡淡，凉风习习，夜晚的天空也清洁得可爱，他一时兴起，唱一首词道：

夜饮东坡醒复醉，归来仿佛三更。家童鼻息已雷鸣。敲门都不应，倚杖听江声。

长恨此身非我有，何时忘却营营。夜阑风静縠纹平。小舟从此逝，江海寄余生。

就在第二天，谣言说昨夜苏东坡曾经到过江边，写下了这首词，已经顺流而下逃走了。这谣言立刻传到了太守的耳朵里，他惊讶得不得了。这倒不是因为他舍不得这才华横溢的大文人，而是，他有职责监视苏东坡不准越出他的县境。他立刻跑出去，到了东坡的住处一看，哪里有什么逃跑，人家正好好地睡在床榻上，鼾声如雷。

长恨此身非我有，不如乐天安命。

功成名遂早还乡

临江仙·赠送

诗句端来磨我钝，钝锥不解生铓。欢颜为我解冰霜。酒阑清梦觉，春草满地塘。

应念雪堂坡下老，昔年共采芸香。功成名遂早还乡。回车来过我，乔木拥千章。

一个人，一壶酒，一座城，漂泊天涯的游子再追逐自由，我想，他终有疲倦的那一天。总没有人生下来便热爱漂泊吧？漂泊，不是自由，只是一种生活的方式罢了。人活一世，总愿过得精彩绚烂，愿自己的名字得以流传后世。所以，若是可以，文人仕子们总愿意有一个安身立命的所在，做一些小小的成就，功成名遂，不枉此生。

“功成名遂早还乡”，是东坡对友人的祝福与勉励。那一年的春天，东坡在微风中送别友人。聚时欢乐多，他在叮咛着，离别之后，更要照顾好自己，这是一个充满希望的季节，愿你一切都好，当有一天我们再见面，那时的你一定功成名就，意气风发。

光耀门楣，自古以来是一个家族对这个人的期盼，从咿呀学语到风烛残年，仕子们被一双双期待的眼睛注视着，家谱上，他们的名字承载着太多的希望，太多的祝福。

当一个小生命诞生的时候，初为人父母的他们，总是喜悦而不安地想着该给这个婴儿起怎样的一个名字。因为这个名字即将成为襁褓中的婴儿生命重要的一部分，伴随他一天一天成长，跟随他踏遍红尘，经历一生的风雨。就是在离开世界的那一天，这名字，将在墓碑上成为他这一生的标记。

父亲说，我出生之后，他翻着字典想了整整三天，该取怎样的一个名字。

一日之计在于晨，一年之计在于春。早晨从梦中醒来，拉开窗帘，推开窗子，拄着胳膊就那样懒洋洋地待在那里，眺望着窗外，看着朝阳踏破彩云的襁褓攀向高处。我时常想，婴儿，不就是这生命的清晨吗？它有的是时间，有的是希望，有的是生机。

因为，对它来说，今天，才刚刚开始。今天，这又是一个让人充满希望的名词。今天，又该起个什么样的名字呢？

来到世界上，被赋予的那个名字，终将伴随我们走完这一生。刚刚诞生的名字，便如今天，充满着希望，又如一张白纸，可以任自己的未来去抒写辉煌。

功成名就，说到底，是人生为名字镀金的过程……

所以，起一个漂亮的名字是如此重要，以至于求亲访友地来征名，在其中精挑细选，甚至，卜名的卦馆也适时兴起……古人的名字要比现在更复杂，也更有文化底蕴，比如现代人往往只有一个大名，最多不过再有一个小名或那么一两个绰号之类的。而古人则有名，有字，有号，充满了讲究。

苏轼，如今更多的人喜欢称他为苏东坡，然而，“轼”才是他的名，字是子瞻、和仲，这些我们都很少称呼了，现在，唯有“东坡居士”这个名字被叫得最响亮。

苏轼这么大的才华，为何，竟也给自己起个“东坡”这样通俗的名号呢？若有人叫张西坡、刘北坡，你会觉得这名字俗不可耐。

说起“东坡”，一般人都认为是苏轼在元丰二年（1079年）的“乌台诗案”后，被贬到黄州所起。因为当时那里的生活并不是很理想，苏轼这样的官员都未能幸免拮据的生活，往往是吃了上顿没有下顿，经常有断炊的危险。好在苏轼的朋友很多，那时，恰好有一个叫马正卿的朋友帮他，在城东的一片荒地上垦荒种植，维持生计。

热爱生活的苏轼很快也喜欢上了干农活。有人认为因这个地方叫“东坡”，苏轼就草草地给自己起个“东坡”的号了。

其实，这种说法只说对了一小半，属于皮相之谈。东坡，这看似大俗的一个名字中，还有一层更深的寓意，那便与唐代大诗人白居易有关了。或许，是他在哪一天劳作时，猛然间隐隐觉得自己的人生经历和白居易很相似，而自己也认同他的“中隐”思想，为了表示对前人的这种敬慕，于是给自己取了“东坡”的号。

就像后来的徐志摩给自己取的这个名字，也含有“志在摩诘”之意，表示对唐代大诗人王维的一种敬仰。

怎么解释苏轼取号“东坡”有仰慕白居易的意味呢？有人举出这样的故事做例子：

据说，白居易在忠州做刺史时，曾写有《东坡种花二首》诗，里面有这样的句子：“持钱买花树，城东坡上栽……东坡春向暮，树木今何如。”

又有《步东坡》诗：朝上东坡步，夕上东坡步。东坡何所爱，爱此新成树。

苏轼在黄州时，他的心境与当时白居易的可以说是极其相像。

他曾有诗这样写道：“我甚似乐天，但无素与蛮。”　“渊明形神似我，乐天心相似我。”不但如此，巧合的是，苏轼在杭州期间，和白居易在那里所留的时间也大致相似，所以苏轼又说：“出处依稀似乐天，敢将衰朽较前贤。”

这样看来，苏轼这个“东坡”的号取得似乎和白居易的关系更近一些。

白居易一生为百姓做了很多的好事。现在如果我们去杭州游玩，还可以看到那里的白堤，至今保留。苏轼在杭州任职时也一心想效法白居易，他也像白那样，疏浚了西湖，修筑了堤坝，也就是我们今天所说的“苏堤”，亦是西湖一景。

白居易对苏轼的更大影响，还是“中隐”。白居易曾在一篇《中隐》的诗中说：“不如作中隐，隐在留司官。似出复似处，非忙亦非闲。不劳心与力，又免饥与寒。终岁无公事，随月有俸钱……唯此中隐士，致身吉且安……”

经历了大风大浪的苏轼，自然会对这有感同身受的体会。当他在三十七岁时任杭州通判的那段日子里，就说自己是“未成小隐聊中隐，可得长闲胜暂闲”（《六月二十七日望湖楼醉书》其五）。

苏轼自号“东坡”，并不是我们所想象的仅仅因为被贬在黄州耕于东坡这样简简单单地草率命名，其寓意是颇为深刻的，饱含寄托。此举既表明了苏轼敬仰白居易的为人，也更表明了自己的心志：既要为百姓做些好事，更要使自己的一生达到“吉且安”。

你喜欢一个人，会对他（她）的名字很是敏感，即使在茫茫的一份名单中，你也会快速准确地将这个名字一眼望到，正如熙熙攘攘的人群中，你总会很快地寻到那个人一样。

东坡，是这样一个亲切的名字，毫无架子，毫无深奥气。让人一见到，便觉如沐春风一般温暖。每每在书店的展台上，看到这个名字，我都会下意识地停下来翻翻看。

其实，让“东坡”这样一个农夫似的名字得以俗中带雅，更多的，来自于东坡的处世态度。东坡，这就是你的魅力所在。有人说，是金子总会发光的。其实，发光的不一定是金子。那位朋友后来是否“功成名遂早还乡”，我并不愿做考据推敲，倒是东坡，毫无疑问，如今已经家喻户晓，他的“功成名遂”并不在于他的仕途有多么辉煌。

我知道有一天，我的后代将会继续念你的名字，那个名字，在一条黄沙飞扬的乡村小路上，或者在一片曲折迂回的荒山野岭间，又或者，在那杭州西湖，或是，天涯海角……

花不看开人易老

小的时候，母亲在家里养了好多花，有许多我到现在也不认识，只知道，这些花，需要母亲的悉心照料，珍贵得很。长大了些，母亲养的花也没有那么多了，有时候我发现，她把这些看得似乎很淡了，不会因花土里生了虫，或是某一盆从未开过花，而像从前那样急匆匆地走亲访友去询问养花的办法。

我想，这是不是和一个人的年纪有关呢?

父亲一直以来就对这些事物很淡泊，他并不理解母亲为什么要养那么多花，他感兴趣的，母亲却不觉得多么有趣。

“一千个人的眼中读出一千个汉姆雷特”。同一件事发生在不同的人身上，往往会生出不同的结果。有的人喜欢，有的人无感，有的人甚至厌恶。

人与人不同，有的人敏感，有的人率直，有的人粗犷，有的人细腻。生活中不如意的事情也很多，比如想出去打打球、散散步，偏偏遇到骤雨初至；早上坐在公交上赶着去上班，却偏偏碰上公路上交通堵塞；好不容易盼来了一个周末假期，却被通知临时要加班干活……有的人面对这些时，总能会心一笑而过，或戏谑，或在其中发现些小快乐；有的人面对这种种时，却除了愁眉不展，无一办法。

苏东坡天性乐观，对于常人眼中看作难的事，他总是可以举重若轻地解决掉。然而这并不是因为他有多么出众的能力，因为世上奇人异士大有人在。东坡并不是世间唯一，但他却有着一颗旁人所望尘莫及的阳光心灵。无论是政治生涯的浮浮沉沉、颠沛流离，还是情感上的分分合合、聚聚散散，他都能以一颗包容博爱的心去对待。这已经是难能可贵的事情。无论对人还是事，他极少怀芥蒂之心。

据说，有一次苏东坡去拜访当时的宰相吕大防，这位宰相锦衣玉食，身体也养尊处优惯了，所以长得极胖。苏东坡那天到他家中时，他正在熟睡。东坡等了好久，左等右等，吕大防终于醒来了，这时，东坡用手指给他看客厅中一个大瓦缸里背长绿苔的乌龟。

他向吕说："这种东西没有什么稀奇的地方，就是长的三对眼睛还比较特殊。"

吕大防很惊讶，因为他并没有听说过这事情，就问："会有长六只眼睛的乌龟？"怎么想怎么觉得不对，怕是自己被捉弄了。可是，他又怕苏东坡确实学问太高，也许是哪本书上记载过，自己未曾看到吧。

不料，苏东坡接着对他说："这种龟是有的，在唐中宗时候，有一个大臣向皇帝进献一只乌龟。皇帝问他六只眼睛的乌龟特别在哪里呢？那大臣说，六只眼睛的乌龟有三对眼，普通乌龟只有一对眼。所以呢，您看，六眼乌龟午睡时，要睡三只普通乌龟的觉呢。"

苏东坡就是这样，无论什么处境，他总能不失时机地幽那么一默，对别人，更是对自己。

减字木兰花

莺初解语。最是一年春好处。微雨如酥。草色遥看近却无。

休辞醉倒。花不看开人易老。莫待春回。颠倒红英间绿苔。

将一切看开，人也会随之活得潇潇洒洒，轻松自在。所谓"花不看开人易老"，人生不过百，哪还有那么多的时间去对月惆怅，顾影自怜呢？黄莺才刚刚懂得开口唱几句春天的歌，这是一年当中春色最好的时候吧。天下着小雨，嫩嫩的草尖刚刚冒出地面，在微雨里，眼前觉察不到它的存在，只有远远望去，才发现有一层绿铺在地面上。不要推辞会醉倒在这个季节。

花是不经开的，人是容易老的。不要等到浓烈的春天回到大地时再触景伤怀，你我颠倒唏嘘、百般感慨在红英凋零、绿苔如茵之间。

这是东坡被贬海南时所作的一首咏春词。海南绚丽的春光，令他心情荡漾，东坡本就很容易知足，就像“日啖荔枝三百颗”，他便“不辞长作岭南人”一样。容易知足的人，是幸福的。

本来，东坡作词是不喜直接化用他人的诗词的，可是，这一首却例外，差不多有一半化用或者直接引用了韩愈的诗《早春》：“天街小雨润如酥，草色遥看近却无。最是一年春好处，绝胜烟柳满皇都。”苏轼只在下阕表达了自己的一点儿思想感情。就是这轻轻的一点拨，哲学上的意味更浓了。如果把春天分成早春、阳春、晚春的话，那么在花开花落的特征上，与人生的兴衰就有可比性了。根据韩愈的意思，早春就是春天中最好的时令，苏轼采用了这一说，并且说要在这个时候“醉倒”，不要等待落花时节，触景伤怀，颠之倒之。那么，读者可以揣测：趁年轻时潇洒走一回，及时把握青春年华，珍惜一生中最好的时光，及时行乐，不要到年老时再后悔，就是作为哲人的苏东坡所要表达的思想感情。

我们知道，无论是苏轼，还是整个宋代诗词，以理入诗词是其特点。花不看开人易老，这轻轻的一句道出了多少人生哲理。诗人杜少陵说：“人生七十古来稀。”确实，人的一生屈指算算，不过那么几十年的光景，转瞬即逝，归于尘土。既然这样，为什么要蹉跎这大好岁月，浪费这宝贵的光阴呢？

写到这里，我又想到了苏轼的另一首词《望江南·超然台作》：

春未老，风细柳斜斜。试上超然台上看，半壕春水一城花。烟雨暗千家。

寒食后，酒醒却咨嗟。休对故人思故国，且将新火试新茶。诗酒趁年华。

读罢，不愿再做更多的掰碎揉搓的评点，只是忍不住地赞叹，好一个“超然台”，好一个“烟雨暗千家”，好一句酣畅淋漓的“诗酒趁年华”！一首妙得让我无法细细解读的词，面对它，束手无策。

看分香饼，黄金缕，密云龙

行香子·茶词

绮席才终，欢意犹浓。酒阑时、高兴无穷。
共夸君赐，初拆臣封。看分香饼，黄金缕，密云龙。
斗赢一水，功敌千钟。觉凉生、两腋清风。
暂留红袖，少却纱笼。放笙歌散，庭馆静，略从容。

东坡对于茶，有着别一番的喜爱，正如他对田间地头的自然风光的感情。那饮茶时的闲适与从容，美妙与舒展，细细品味，如美人，如莺歌燕舞。席终将散，而欢意犹浓，这时起座泡来一壶好茶，香飘四溢，何人不心旷神怡？

从最初《诗经》里的《静女》开始，美人，总是会和香草联系在一起："静女其姝，俟我于城隅。爱而不见，搔首踟蹰。静女其娈，贻我彤管。彤管有炜，说怿女美。自牧归荑，洵美且异。匪女之为美，美人之贻。"人们说，爱屋及乌，无论什么事物，一旦和自己所爱的人沾边，便刹那间有了光彩。傻小子拿着那红管草，便已然沉浸在幸福中，可是，与这草并无多大关系，只是因为，这是美人所赠。

香草美人，总是会让人联想到那些美好的事物。屈原在他那篇著名的《离骚》中说："纷吾既有此内美兮，又重之以修能。扈江离与辟芷兮，纫秋兰以为佩。"他想形容自己的美好，也仍然借用香草之名。

当他唯恐时光不再时，说的是“惟草木之零落兮，恐美人之迟暮”。就是在今天，当我们说一个人年老色衰，也还会用到“残花败柳”这个词。

然而，不再踩着前人的足迹，不再单单以美人香草作比，将茶也入词，将佳茗比作佳人，是东坡的一个发明。

宋哲宗元祐五年春，福建壑源山上的新茶面市，其时在闽地任转运判官的曹辅，给远在杭州任太守的老朋友苏东坡送了一些，并依照当时文人交往的惯例，同时送上自己所写的一首七律。酷爱饮茶的苏东坡品尝新茗后有感而发，作《次韵曹辅寄壑源试焙新茶》一首予以答谢。历史上，曹辅也是有名的谏臣，官声颇好，但他的这首茶诗好像并不曾流传下来。可是，苏东坡的和诗则一纸风行，千年不朽：仙山灵草湿行云，洗遍香肌粉未匀。明月来投玉川子，清风吹破武林春。要知冰雪心肠好，不是膏油首面新。戏作小诗君勿笑，从来佳茗似佳人。

好一句“从来佳茗似佳人”，苏东坡这一独到的比喻，别出心裁。从此，历代茶人，无论是种茶的、制茶的、卖茶的还是喝茶的，也无论是真风流还是假风雅，莫不争相传诵。

东坡对于一切美好的事物，从不吝于歌之，无论是佳人，还是佳茗。

关于茶，有一个更加动人的传说。很早以前，西洞庭山上住着一位名叫碧螺的姑娘，东洞庭山上住着一个名叫阿祥的小伙子。两人深深相爱着。有一年，太湖中出现一条凶恶残暴的恶龙，扬言要占有碧螺姑娘，阿祥决心与恶龙决一死战。一天晚上，阿祥操起鱼叉，潜到西洞庭山同恶龙搏斗，直到斗了七天七夜，双方都筋疲力尽了，阿祥昏倒在血泊中。碧螺姑娘为了报答阿祥的救命之恩，亲自照料阿祥。一天，碧螺找草药来到了阿祥与恶龙搏斗的地方，忽然看到一棵小茶树长得特别好，心想：这可是阿祥与恶龙搏斗的见证，应该把它培育好。至清明前后，小茶树长出了嫩绿的芽，碧螺采摘了一把嫩芽，回家泡给阿祥喝。

说也奇怪，阿祥喝了这茶，病居然一天天好起来了。阿祥得救了，姑娘心上沉重的石头也落了地。就在两人陶醉在爱情的幸福之中时，碧螺的身体再也支撑不住，倒在阿祥怀里，再也睁不开双眼。阿祥悲恸欲绝，就把碧螺埋在西洞庭山的茶树旁。从此，他努力培育茶树，采制茗茶。

“从来佳茗似佳人”，为了纪念碧螺姑娘，人们就给这种名贵的茶叶取名为“碧螺春”。

茶的故事是美丽的，人亦是美丽的。而东坡，把这美丽更加升华一层。

有人说，自从苏东坡写出了“从来佳茗似佳人”的千古绝唱以后，古往今来中国文学史上一切关于茶的比喻，就立刻成了一堆庸脂俗粉。是这样吗？好像是！不过，能从心灵深处流淌出“从来佳茗似佳人”这般佳句的人，在对茶和女子的理解和热爱上，一定是达到了极高的境界。

商子雍先生初次入川时，曾专程去眉山拜谒那个闻名遐迩的三苏祠，盘桓了整整一天。“一门三父子，都是大文豪。诗赋传千古，峨眉共比高”。这里的造像、碑刻，这里的花卉、树木……虽然都让他备感亲切，深受感动，却丝毫没有意外之喜。唯一的喜出望外发生在饮茶时——揭开盖碗，随意一瞟，目光立即被拉直了。只见碗里的茶叶细而长，茶汤黄而碧，阵阵香云从中袅袅升起，蒙覆碗上，久久凝结不散。赶忙端起品尝，清淡中透出甘美，真是妙不可言！

幸运的东坡，出生于一个盛产茶叶的故乡。虽然他一生仕途坎坷，所幸的是，流落之地，多产佳茗。帮他消解官场愁苦的，想来就应该有或浓郁或淡雅的茶汤吧！他在《仇池笔记》中说：“除烦去腻，不可缺茶。”更有传奇色彩的是，宋神宗熙宁六年(公元1073年)，苏东坡在杭州当通判，一天，他因为身体不适，游湖上净慈、南屏诸寺，晚上又到孤山拜谒惠勤禅师。一日之中饮茶数碗，不觉间竟然病已痊愈，于是苏东坡在禅院的粉壁上题诗一首：示病维摩元不病，在家灵运已忘家。何须魏帝一丸药，且尽卢仝七碗茶。

帮助苏东坡消解官场愁苦的，除了佳茗外，当然，还有佳人。我们知道，东坡的一生，是和三个女子休戚相关的。

苏东坡的结发之妻王弗，年轻貌美，知书达理。苏、王两人情深意笃，但共同生活了十一年之后，王弗不幸病逝。苏东坡在王弗逝世十周年之时，写下了被誉为千古第一悼亡词的《江城子·乙卯正月二十日夜记梦》："十年生死两茫茫，不思量，自难忘。千里孤坟，无处话凄凉。纵使相逢应不识，尘满面，鬓如霜。夜来幽梦忽还乡，小轩窗，正梳妆。相顾无言，惟有泪千行。料得年年肠断处，明月夜，短松冈。"

如果让我来作比喻，我愿把王弗比作那一山广袤的绿茶，青青的，淡淡的，望之而愉悦，闻之而动情，她有她的幽静，她有她的清香，她有她的默默陪伴。

苏东坡的第二任妻子王闰之，是王弗的堂妹，在王弗逝世后第二年嫁入苏家。她小苏东坡十一岁，自幼对这位堂姐夫崇拜有加，由于生性温柔，婚后更是处处依着丈夫。王闰之伴随苏东坡走过了他人生中最重要的二十五年，历经"乌台诗案"、黄州贬谪，在苏东坡的宦海浮沉中，与之同甘共苦。二十五年后，王闰之不幸逝世。苏东坡痛断肝肠，写祭文道："我曰归哉，行返丘园。曾不少许，弃我而先。孰迎我门，孰馈我田？已矣奈何！泪尽目干。旅殡国门，我少实恩。惟有同穴，尚蹈此言。呜呼哀哉！"

如果让我来作比喻，我愿把闰之比作那一捧菊花茶，洁白无瑕，成熟稳重，默默地照料着东坡的生活，无论何时，无怨无悔，所谓"落花无言，人淡如菊"。

朝云，这个最最特别的侍妾，比东坡小二十六岁。在苏东坡最困顿的时候，朝云一直陪伴其左右。她是苏东坡的红颜知己，苏东坡写给朝云的诗歌最多，称其为"天女维摩"。但不幸的是，朝云也先于苏东坡病逝。遵照朝云的遗愿，苏东坡把她葬于惠州西湖孤山南麓栖禅寺大圣塔下的松林之中，并在墓边筑六如亭纪念，撰写的楹联是："不合时宜，惟有朝云能识我，独弹古调，每逢暮雨倍思卿。"朝云能歌善舞，尤擅琵琶演奏，且精于茶艺。我想，"从来佳茗似佳人"的绝妙诗句，很可能就是在茶香氤氲里、朝云倩影中孕育的吧！

如果还是让我来作比喻，我愿把朝云比作那茉莉花茶，淡淡的清香，丝毫不染尘世的混浊气，那是一种平凡的高贵。

和苏东坡同甘共苦的好茶、好女子，就是这样造就了他在对茶以及对女子理解和热爱上的登峰造极，于是，“从来佳茗似佳人”的诗句，便从苏东坡的笔下油然而出……“看分香饼，黄金缕，密云龙”，也让人读来垂涎。

在宦海中，苏东坡是失意者，但终生有好女子和好茶相伴，也算是命运对他的一点儿补偿。固然官场得意者的身旁，从来就不缺漂亮女人，但漂亮女人却不一定是好女人；同样，物质层面质量完全相同的好茶，在失意者和得意者的精神感受中，滋味也一定是迥然有异吧。

破镜重圆人在否

蝶恋花·佳人

一颗樱桃樊素口。不爱黄金，只爱人长久。学画鸦儿犹未就。眉尖已作伤春皱。

扑蝶西园随伴走。花落花开，渐解相思瘦。破镜重圆人在否。章台折尽青青柳。

你有樊素（白居易的一个侍妾）那样小巧红润的双唇，红得就像熟透的樱桃一般。你不贪慕荣华富贵，只愿与心爱的人长相厮守。还没学会写字画画儿，娇憨的你就皱着眉头去伤春悲秋，或是跟女伴在园子里追着扑蝴蝶了。一年一年，花落花开，你我感情越来越深，你也渐渐理解我思念亡妻、身体消瘦的感情了。我虽然失去了妻子（王弗），可是找到了同样温柔贤惠的朝云，孤苦的心终于找回了温暖。能有这样好的侍妾，我真是三生有幸。

一个成功男人的背后，常常会有一个女人在默默支持。他或许会有一个温馨的家庭，一个贤惠的妻子，一双可爱的儿女。苏东坡的家庭很幸福，他曾经有一个那么贤惠体贴的妻子。晋朝的陶渊明曾经写过一首充满忧伤的《责子诗》，意在说儿子好坏全是天命，是注定的，人所改变不了的，自己何必多管。他说："天运苟如此，且进杯中物。"苏东坡与他相比，显然要幸福得多，虽然后来他的几个儿子才华学识也远不如父亲的，但是苏东坡说：

“子还可责同元亮，妻却差贤胜敬通。”“敬通”是东汉的学者冯衍的字。苏东坡后来在这句诗注脚里说：“仆文章虽不逮冯衍，而慷慨大节乃不愧乃翁。衍逢世祖英睿好士而独不遇，流离摈逐，与仆相似。而衍妻悍妒甚。仆少此一事，故有‘胜敬通’之句。”

苏东坡是幸运的，幸运在于他虽然没有可与自己才学相媲美的儿子，但却有前人所未有的知书达理、聪敏贤慧的妻子。因为她，他有了动力；因为她，他有了向上的勇气；因为她，他有了喷薄而出的才华横溢。在王弗离世后，闰之一直无微不至地照顾着他的起居，关怀备至。后来，苏东坡又将闰之在杭州期间买下来的朝云纳为妾，想当年，她才十二岁的年纪而已，如今已经长得亭亭玉立。朝云现在已经长大，品性善良，聪慧过人，佩服苏东坡的人们也都赞赏她。据说，在苏家把她买回来时，就有些人作诗给她，好像她已经是个富有才华的杭州歌伎一般。但有人仔细研究后又表示，实际并非如此。由苏东坡自己写的文字来看，朝云是到了苏家以后才开始学习读书写字的。佩服苏东坡的人对朝云有好感，这在情理之中，朝云也是当之无愧的。

我们知道，苏东坡晚年被流放在外，始终伴侍左右的便是朝云。

这样的经历，让我想起了张学良和赵四小姐那个浪漫的故事。

同样是，执子之手，与子偕老。

张学良是中国近现代史上无法规避的一个名人，而赵四小姐则是张学良百年人生中一个不可规避的女人。她16岁与风流倜傥的张学良一见钟情，18岁不顾家庭的阻挠孑然一身来到有妻有子的张学良身边。

那一次舞会上的邂逅，少帅张学良与漂亮的赵四小姐一见钟情，互为对方所倾倒，从此决定了他们一生相识、相知、相守。也正是这一面之缘，开启了两人七十二载情路风雨！当时的少帅早在家庭的撮合下与于凤至结为夫妇，但是面对真爱，他们不顾家庭的反对和舆论的攻击。赵四小姐顶着与父亲断绝父女关系的压力，且委曲求全地抛却了妻子的名分，以秘书的身份与张学良艰难地走到了一起。两人从相识到相知再到相守可谓是一波三折，颇具传奇色彩。

张学良是一个民族主义、英雄情结兼备的人，优越的成长环境也让他对外国文化的求知欲望甚浓，而赵四从小生活在繁华闹市天津，租界文化对她的影响颇深。后来，二人信奉基督教，心如止水，不闻窗外之事，尽管总是无奈，却始终洋溢着对人情的豁达和对爱的忠贞。

相伴七十余载，毫无悔言，有的只是赵四在《新生命》一文中写的“为什么才肯舍己？只有为了爱，才肯舍己。世人为了爱自己的国家和为他们所爱的人，才肯舍去他们的性命”，以及张学良用浓重的东北口音讲过的“这是我的姑娘”。

好的爱情能留存于记忆中，刻骨的爱情能标榜于青史，这些“凝固的历史”，唤起有情人的思考。

落日有情还照坐

说到送别词，你会想到什么呢？恐怕会有不计其数的词句涌上心头。是白居易的“一看肠一断，好去莫回头”，是王勃的“海内存知己，天涯若比邻。无为在歧路，儿女共沾巾”，是高适的“莫愁前路无知己，天下谁人不识君”，是骆宾王的“昔时人已没，今日水犹寒”，是李白的“仍怜故乡水，万里送行舟”，是陈子昂的“悠悠洛阳道，此会在何年”，是孟浩然的“寂寂竟何待，朝朝空自归。欲寻芳草去，惜与故人违。 当路谁相假，知音世所稀。只应守寂寞，还掩故园扉”，“ 日暮征帆何处泊，天涯一望断人肠”，是李白的“狂风吹我心，西挂咸阳树 ”……

举不胜举。

什么是友情？总会有年轻人这样发问。友情是一种很美妙的东西，可以让你在失落的时候变得高兴起来，可以让你走出苦海，去迎接新的人生。

只有拥有真正朋友的人，才能感受到友情真正的美好之处。友情，它是一种只有付出了一份同样的东西，才可以得到的东西。它和亲情、爱情一样，是一种抽象的、令人捉摸不透的东西。

多年的老友，彼此的情谊当然是更为浓烈，当有一天朋友间要分别，产生断肠人的离愁别绪也便在所难免，也正因为如此，文学史上流传下来如此多的脍炙人口的送别诗。苏轼的这首《蝶恋花·暮春别李公择》便是其一：

簌簌无风花自亸。寂寞园林，柳老樱桃过。落日多情还照坐。山青一点横云破。

路尽河回千转柁。系缆渔村，月暗孤灯火。凭仗飞魂招楚些。我思君处君思我。

李公择是东坡老友，两人都因反对新法而遭贬，交情更笃。

花落声簌簌却不是被风吹，而是悠悠然自己坠落在地，园林寂寞，此情此景，人亦寂寞。

白居易戏答刘禹锡和其《别柳枝》绝句诗，有“柳老春深日又斜”一句，这里借用“柳老”写柳絮快要落尽的时节，所谓“柳老”就是“春老”。“樱桃过”是写樱桃花期已过。正巧今送李公择亦逢此时。

东坡这期间另有《送笋芍药与公择》诗说道：“今日忽不乐，折尽园中花。园中亦何有，芍药袅残葩。”芍药、樱桃，同时皆尽，而这个时候老朋友又将远行了。花木荣枯与朋友们的聚散，都是很自然的事，但一时俱至，却还是让人难以接受。

“落日有情还照坐。山青一点横云破”，两人在“寂寞园林”之中话别，相对无言时，却见落日照坐之有情，青山横云之变态。此时彼此都是满怀心事，可是又不忍打破这份静默。

行者在岸上却见舵已转，岸上之路至此到尽头了，送行到这里就算到了尽头。

对于心中眷念着的朋友，你总会对他的情况充满想象，此刻，他在做什么呢，他一切还顺利吗？“系缆渔村，月暗孤灯火”，这一句便是苏东坡想象朋友今夜泊于冷落的渔村中宵不寐，独对孤灯，唯有暗月相伴。怕是苏东坡在想，如果可以再一次朋友相聚，对月畅饮，该是多么痛快。

“我思君处君思我”，这恐怕是羁旅漂泊的人们所听到的最得安慰的一句话了吧。人活在这个世界上是注定孤独的，然而，孤独一旦遇到了友谊，它便消逝得无迹可寻。所以，千百年来人们歌唱爱情，赞美友谊。当有一天，我想你的时候，你也正在想着我。当有一天，我想拥抱你时，你却把我抱得更紧，这是怎样的默契，这是怎样的一种莫大安慰？

我思君处君思我，这又让我想起了辛弃疾的那一句词："我见青山多妩媚，料青山见我应如是。"

这种感情好温馨。

故垒西边，人道是，三国周郎赤壁

一个文人，常常会有比常人更多的生活体验，有比常人对世间百态更深的理解。或许，这是他们骨子里的一种基因。文人，他最惯常的姿势是提笔，无论怎样，很多的时候，所见所感不托付腕底爬梳出来，便觉得日子少了些什么。日记，我想最开始一定是文人有的习惯，这一天，哪怕没有什么可写，他也会简单地记一笔：无事。

有人说，什么职业都是会有职业病的，我想，有道理。只是，有些是显性的，而文人的职业病，是融在性格里的隐性症状。

苏东坡虽然没有写日记的习惯，但他喜欢写一些随笔杂记。在黄州的日子里，他开始写很多漫谈偶记，不过，与其他好为人师的学者不同的是，他写的东西既没有苦口婆心地教训人，也没有一副道德说教，看上去似乎也没有“文学应该为什么”的使命感。可是，这样的作品却成了人们最喜爱的。

或许，这就叫作亲和力吧。

东坡在这小镇里虽然有衣有食，但也没有多少闲钱，和那些高官大户差得很远。然而他颇安贫乐道，不觉得什么。有一次，他写了一篇小文，说起自己的穷，又说到他门人的贫穷：“马梦得与余同岁月生，少仆八日。是岁生者无富贵人，而仆与梦得为穷之冠。即吾二人而观之，当推梦得为首。”

嬉笑中透出一股幽默的不羁才华。

还有一篇随笔，东坡这样写道：“有二措大相与言志。一云：‘我平生不足，惟饭与睡尔。他日得志，当饱吃饭了便睡，睡了又吃饭。’一云：‘我则异于是。当吃了又吃，何暇复睡耶？’”

无论何时，幸福感，都源于自己的心境。

当时并不起眼的黄州，在北宋之前知名是因为城西北不远的一片石壁。出了黄州古城汉川门，北面有一座陡峭的山，因为那山上的石头都呈赤红色，被人称为“赤壁”。

就像现在好多地方都纷纷申报名人故里，为名人是哪里人争得头破血流。其实，在古代，也有类似的情况。在那场著名的战争之后，好多真“赤壁”假“赤壁”都受到了人们广泛的关注。黄州的赤壁，又是一处。

东坡这位喜爱游览名山大川的人，自然不会错过这一机会，无论那赤壁是真是假。有几次，他竟是乐得游而忘返，月夜泛舟，饮酒作诗凭吊古人。

正如密州因东坡而为后世的文学爱好者们所知，黄州，它的传奇也融入了一些东坡的成分在其中，那赤壁的传说，激起这位词人头脑中无限的想象，于是，那几篇他笔下最精美的作品相继诞生，比如，《念奴娇·赤壁怀古》，还有那两篇著名的赋：《前赤壁赋》和《后赤壁赋》。

那一首《念奴娇·赤壁怀古》，如今几乎人口传诵：

> 大江东去，浪淘尽、千古风流人物。
> 故垒西边，人道是，三国周郎赤壁。
> 乱石穿空，惊涛拍岸，卷起千堆雪。
> 江山如画，一时多少豪杰。
> 遥想公瑾当年，小乔初嫁了，雄姿英发。
> 羽扇纶巾，谈笑间，樯橹灰飞烟灭。
> 故国神游，多情应笑我，早生华发。
> 人间如梦，一尊还酹江月。

这是一个令人心潮澎湃的故事，故事里，有一片雾气弥漫的江水，一支气势浩大的船队，一个风度翩翩的周郎，一个闭月羞花的小乔，还有那绝顶的智慧和勇毅。

还有的，是如梦的人生，滚滚东去的江水。

年轻时面对自己的理想，我们有的是时间的资本，我们有的是无倦的精力。虽然，每个人的资质不同，不会人人都像周公瑾那样，才貌双全，又可以美人在怀，但是，每人都有那么一段可供日后翻阅的记忆，会微微一笑的快乐，青涩，或是，热烈。

东坡此时，早已经青春不再，只是面对着这古战场，悼古伤怀，想想那古代豪杰，借古传颂英雄之业绩，思自己历经之挫折。

不能建功立业，壮志难酬，对于东坡来说，一直是一件令他隐隐作痛的事情。

说到东坡和赤壁，还有两篇赋，是不能不提的事情，它们有着散文诗一样的优美，又有着叙事诗一样的节奏。只用寥寥数百字，便将人在宇宙中的渺小一笔道出，同时，又满怀真诚地感谢大自然赐给这世界一切美景。

山水画一样的文章，读来怎能不令人心旷神怡？

那是七月十六的仲夏之夜，东坡和他的那位同乡朋友杨世昌一起泛舟江上，享受那静谧的仲夏之夜。清风拂过水面，缓缓吹来，水面上平静无波。他端起酒杯，和朋友慢慢地饮着，时不时地吟那么两句。不一会儿，东山之上出现了一轮明月，徘徊在北斗星和天牛星之间。举目神游，月光皎洁，江雾茫茫，诗意缕缕。

这时江上被一片白雾笼罩着，水光和雾气相接。两个人，就这样坐在小船里，舒展身心，漂浮在白茫茫的江面上，只觉得此时，人仿佛在那银河里遨游一般。

船在蒙蒙的雾中向前漂着，随意漂到哪里，东坡并不理会。这时酒兴正浓，两个人开始开心地唱起歌来，手拍打着船舷做节拍：

桂棹兮兰桨，击空明兮溯流光。渺渺兮予怀，望美人兮天一方。

善于吹箫的杨世昌这时也动情地吹起箫来，东坡跟着哼唱，箫声悲咽，如怨如慕，如泣如诉，余音袅袅，不绝如缕。

最后，这箫声渐渐地消失在夜空中，连水中的鱼似乎都为之动容。

东坡自然也早已经被这箫声打动了，他问朋友："你的箫声怎么如此悲伤？"朋友告诉他说："你还记得在赤壁发生的那些故事吧？"

是的，东坡当然记得，八百多年前，那场改变了后来历史的水战就在这里，决定了三国魏蜀吴的命运，也决定了后来历史的命运。想想当时曹操的战船，真是势不可挡。曹操也是一个颇富才华的军事家，他在那壮志豪情时所作的诗歌"月明星稀，乌鹊南飞。绕树三匝，何枝可依"，是多么苍凉而雄壮。这些人，现在又在哪里呢？

今天晚上，你和我无拘无束，乘着这一只小船，举杯饮酒，这时的快乐，真是美不可言。

人又有什么可自傲的呢？还不如宇宙中一只小小的蚂蚁，沧海中的一粒沙。

人生在世间，瞬息万变，这一秒不知下一秒将会发生什么故事。人生一过，即化为虚空，还不如江流，至少它们现在看起来是无穷无尽地存在着。人呢，可以吗？

如果可能，我真想挟飞仙遨游在这茫茫的宇宙间，看看月宫是什么样子，如果可以，我愿在那里长生不返。

然而，这一切只是不切实际的梦想，终究无法实现。那箫声听来悲咽莫名，就不难理解了。

天地间万物各有其主，渺小的个人又何必强求呢？自然的山水，享者都是主人，江上的清风有声，山间的明月有色，只是看我们是否懂得享受其间罢了。江山无穷，风月长存，天地无私。我们徘徊其间，为什么不去自己寻找其中的快乐所在呢？

此情此景，让人想起了李太白的那一句：清风朗月不用一钱买，玉山自倒非人推。

后来清代的方苞这样评论东坡的这篇《前赤壁赋》："所见无绝殊者，而文境邈不可攀，良由身闲地旷，胸无杂物，触处流露，斟酌饱满，不知其所以然而然。岂惟他人不能摹效，即使子瞻更为之，亦不能如此调适而鬯遂也。"苏轼通过各种艺术手法表现自己坦荡的胸襟。

▼《维摩演教图》（局部七）传北宋·李公麟 纵34.6厘米 横207.5厘米

北京故宫博物院藏

▼《维摩演教图》（局部八）传北宋·李公麟　纵34.6厘米　横207.5厘米
北京故宫博物院藏

恐怕，也只有忘怀得失，胸襟坦荡如东坡者，才能撰写出“文境邈不可攀”的《前赤壁赋》来。

文章戛然而止，余音似乎不绝于耳……

方苞说即使让东坡再重新写，怕是也写不出这般境界了。

实际上，在三个月后，东坡也确实重新写了一篇，后来人们把它称为《后赤壁赋》。

我总觉得，一个诗人，当他文思泉涌的时候，是左右不了自己的。据说郭沫若写《凤凰涅槃》时，“全身作寒，牙关发战，观念的流如狂涛怒涌，应接不暇……”，虽然我不知道是否真的有那么夸张，但是，我愿意相信，灵感驾到的时候，诗人一定要写到自己尽兴时，才肯罢手。

多少蓬莱旧事，空回首，烟霭纷纷

风流才子和风尘女子之间的故事，一直被后世的电视剧和电影青睐，不停地上演着。如柳永“此去经年，应是良辰好景虚设。便纵有千种风情，更与何人说”的惆怅，如杜牧“十年一觉扬州梦，赢得青楼薄幸名”的感伤，也如晏幾道“当时明月在，曾照彩云归”萌动的恋情。

山抹微云，天连衰草，画角声断谯门。暂停征棹，聊共引离尊。多少蓬莱旧事，空回首、烟霭纷纷。斜阳外，寒鸦万点，流水绕孤村。销魂。当此际，香囊暗解，罗带轻分。谩赢得、青楼薄幸名存。此去何时见也，襟袖上、空惹啼痕。伤情处，高城望断，灯火已黄昏。

这是东坡的好友秦观的一首《满庭芳》，它后来的故事，与一个歌伎有关，在这里我还想八卦一下，她与东坡，也有着一段微妙的故事。

似乎苏东坡的一生并没有迷恋上哪一个歌伎，他只是喜欢酒宴唱和，歌舞升平罢了。倒是有两个女子和他走得相对来说要近一些，一个是才女琴操，听了苏东坡的规劝，后来自己赎身，出家当了尼姑。另一个，便是那位“天女维摩”的朝云了。

如今，在杭州城里还一直流传着北宋时期歌伎琴操和东坡的故事。据说，这个故事还引起郁达夫先生的极大兴趣，曾经按照《临安志》里提供的线索，专门去寻访过琴操在荒草丛中的墓地，并且赋了一首诗：

山既玲珑水亦清，东坡曾此访云英。如何八卷临安志，不记琴操一段情？

说到东坡与才女琴操，确实有一段故事值得好好讲讲。

在宋神宗熙宁年间，苏轼在杭州任通判时便认识了才女琴操。那时，她不过十三岁而已，长得颇有江南女子的风韵，娇小可爱，个性活泼，而且是能歌善舞，很得人们的喜爱。至于她其他方面的才华，东坡初时印象并不怎么深。

然而，时间是一剂催化剂，它可以将不成熟的果实在几天、几个月、几年之后完全催熟。几年后，东坡经历了人生南北的辗转流落又一次到了杭州任太守。这时的琴操已经出落成一个亭亭玉立的江南姑娘了，风姿绰约，楚楚动人。

这一次，刚刚到杭州不久的苏东坡，早就听说这个琴操善于诗词、聪慧过人。

据说，有一次在宴会上，有人吟唱秦少游的《满庭芳》，一不留神，竟吟错了一韵，给在旁的琴操听到了，她忍不住纠正说："大人，您唱错了，刚刚那一句应该是'画角声断谯门'，并非'画角声断斜阳'。"那人一听，还不愿就这样承认，于是半开玩笑地说："那你可不可以将错就错，把整首词的韵脚都改过来呢？"

琴操微微一笑，答道："我试试看吧。"说着便随口改成阳字韵来吟唱：（括号内的是原字）：

山抹微云，天连衰草，画角声断斜阳（谯门）。暂停征棹，聊共引离觞（尊）。多少蓬莱旧事，空回首、烟霭茫茫（纷纷）。孤村（斜阳）外，寒鸦万点，流水绕低墙（孤村）。

魂伤（销魂）。当此际……

这样轻轻松松地一点染，原来的词立刻变了一个韵，又是一种风味。

满座的客人都大叫："妙，太妙了。"

东坡听说了这个故事，对才女琴操自然非常欣赏。

从此以后，他便想办法找机会来接近琴操，不是因为别的，只是他觉得这样一个好姑娘，实在不应该流落风尘，应该过上正常的生活。

有一天，西湖上，两只游船相撞，16岁的琴操与已到知命之年的苏东坡相遇，便有了一段至今令人想起来还是伤感的不了情。当时苏东坡是杭州太守，琴操是当时红极一时的歌伎，琴操虽已赎身，但受到世俗和伦理的束缚，两个有情人终不能结为连理。

琴操曾为东坡抚琴一首，被东坡的好友佛印称为百年难得一闻。

他们在船上，一边饮酒，一边聊天。喝得差不多时，琴操已经微微有了醉意，东坡趁这个机会，开始问起了她的生活。

琴操一吐心中的郁闷，说："总是要奉陪那些达官贵人饮酒歌舞，真是觉得特别疲惫。"

东坡听她这样说，便进一步开导她："既然你不喜欢这样的生活，何必还要苦苦地支撑着呢？不如早早地另做打算。"

琴操这时稍稍清醒了一点儿，眼睛里闪动一丝亮光。

东坡说："关键还是得让自己的心静下来。无论是什么样的方法，让自己的心静下来，这个世界自然会鸟语花香，平平淡淡。"

于是两个人都正襟危坐，东坡开始回答一些琴操困惑许久的问题。

"什么是湖中景呢？"

"落霞与孤鹜齐飞，秋水共长天一色。"

"什么是景中人？"

"裙拖六幅湘江水，鬓耸巫山一段云。"

"什么是人中意呢？"

"随他杨学士，鳖杀鲍参军。"

"这样的话，最后会怎么样？"

东坡这时深沉地想了几秒钟，一边拍打着船舷，一边意味深长地高声念道：

“门前冷落鞍马稀，老大嫁作商人妇。”

琴操当然读过白居易的《琵琶行》，知道东坡引用它的意思是什么。想到这里，不觉心中一阵酸楚。聪明的琴操马上明白过来，点着头感谢东坡的提示。

琴操就这样离开了这喧嚣的红尘世界，自己去了玲珑山，从此静下心来，重新面对人生。

就在她出家后的前两年，东坡、黄庭坚还有佛印和尚经常来玲珑山，和她品琴论诗。早些年，这里还挖出这三个人的石像。修行也许太孤寂了，让一个少女，在古佛青灯之间渐渐老去，是何等残忍，这也是苏东坡和琴操的故事中，最令人遗憾的地方。

但结局无法改变，诗人和歌伎的相识，是一段夙缘，苏东坡一次次踏足玲珑山就是这一段情感的注释。一直到两年后的一天，在离开杭州前，东坡最后一次见到琴操。

那是个草长莺飞的四月，苏东坡策马狂奔，他回首时有着忧伤的一瞥。这个眼神在琴操的心中铭刻了一生。而那一个裙裾飘飘、抚琴而歌的北宋少女琴操，她曼妙的手势，和那空谷琴声一样，烙在诗人苏东坡和后人的怀想中。

看着他越来越远的背影，琴操的心扉也渐渐关上了。任凭风吹衣衫，她的双眸已经被泪水模糊了。

琴操在进入玲珑山八年后，听到被朝廷勒令还俗的诗僧参寥带来的消息，说苏东坡已被贬至海南的儋州，薄暮中的琴操茫然若失，不出数月，郁郁而终。时年不过二十四岁。

后来，垂暮之年的苏东坡，听人说起琴操的死讯，面壁而泣，说了一句话：“我害了她。”

一位是出身低微却极有天赋的才女，一位是天性浪漫、不拘小节的大诗人，成为至交。在宦海中几经沉浮的苏东坡，早已将人世看透，但却冲不破世俗枷锁，无法和心爱的人厮守。

不是杨花，点点是离人泪

水龙吟·次韵章质夫杨花词

似花还似非花，也无人惜从教坠。抛家傍路，思量却是，无情有思。
萦损柔肠，困酣娇眼，欲开还闭。梦随风万里，寻郎去处，又还被、莺呼起。
不恨此花飞尽，恨西园、落红难缀。晓来雨过，遗踪何在，一池萍碎。
春色三分，二分尘土，一分流水。细看来，不是杨花，点点是离人泪。

记得早前在哪一本文摘上读到“春色三分，二分尘土，一分流水”这一句，顿时觉得这简简单单的几个字，组合起来竟然可以这样唯美。那时并不知道它便是出自东坡的手笔，只是觉得，能写出这样句子的，一定是一个很有灵气的人。

后来读到了这首词的整篇，原来是闺怨词，但是，觉得怎么会有这样完美的词，简简单单的场景，却写得这般安详，这安详里又透着这般的落寞。

想起了老子的那句话：大音希声，大象无形。

中国的诗坛上，自早就不缺少闺怨诗，从汉乐府曹丕那一首凄凉的《燕歌行》始，“男子作闺音者”屡屡不绝。

读唐诗时，也每每惊诧于诗人对“宫怨”“闺怨”之类诗的情有独钟，“打起黄莺儿，莫教枝上啼。啼时惊妾梦，不得到辽西。”“寂寞空庭春欲晚，梨花满地不开门。”“含情欲说宫中事，鹦鹉前头不敢言”。这类宫、闺怨诗描摹之细腻，刻画之入微，缠绵悱恻、沉郁感人。

到了宋代，词里面出现的闺怨气就更浓了，无论豪放派还是婉约派，几乎都作过此类词，当然，也包括东坡的这首。

苏东坡被贬谪黄州时，其好友章质夫曾写《水龙吟》一首，内容是咏杨花的。因为该词写得形神兼备、笔触细腻、轻灵生动，达到了相当高的艺术水平，所以受到当时文人的推崇赞誉，盛传一时。

苏东坡也很喜欢章质夫的《水龙吟》，并和了这首《水龙吟·次韵章质夫杨花词》寄给章质夫，还特意告诉他不要给别人看。

可是，慧眼识珠的章质夫看过后，赞赏不已，也顾不得苏东坡的特意相告，赶快送给他人欣赏，多亏了他这一冲动，使得这首千古绝唱得以传世。

午后，自影影绰绰的睡梦中醒来，梦中那种极力的寻找，令人疲惫。走出房间，来到园子里透透气。

阳光下，那像花又不是花的是什么？绵绵的、白白的，像棉花、像云朵。晃晃悠悠，似仙子脚踏祥云翩翩降临；缥缥缈缈，一如我的梦境。

多么奇妙啊，青青的叶片中间竟孕育出这样的洁白。伸手去抓，却抓不着，它们嬉笑着躲开，像一个个精灵。

是的，它们是精灵，长了翅膀的精灵。阳光穿透那晶莹的羽翼，比蝴蝶还要轻盈。一团团，一簇簇，飞旋着，邀请我共舞。起身和着精灵的轻舞转着圈，我，便着上了一件天仙的霓裳。

终于抓住了一个调皮的精灵，细细看着：素白而绵柔的细丝，丝丝缕缕、柔柔地包裹着黄褐色的芯。轻飘飘，仿佛一份柔柔的牵挂，所有的轻柔，都只为包裹那核心；沉甸甸，仿佛一颗心脏，在我手心里跳动。那勃勃的力量告诉我，这里将会有一个又一个春天。怎么舍得束缚你呢，放你飞吧，我可爱的精灵。

它快乐地飞舞着，在我的小园中。吸着淡淡的清香，春，已来了很久了，有些焦躁，是愁吗？啊，不，那不是愁。这阳光的午后，怎么会是愁呢？那是思恋，是你从远方托风捎来的信件，在我望穿秋水的时刻，于园中婆娑。

漫天的相思化作飞絮舞。这个午后，我便坐在一个思念的世界里……

总在想，为什么东坡会作这种闺怨词呢？而且，每一首，似乎都是有那么一丝淡淡的忧伤。

后来，读得多了，似乎也看出来一点儿缘由。

有人给我讲了这样的一个故事：中唐朱庆馀曾写过这样一首诗："洞房昨夜停红烛，待晓堂前拜舅姑。妆罢低声问夫婿，画眉深浅入时无。"如果你不看此诗的题目，你真的要被这位新嫁娘的羞涩娇柔感动。但是当你看到《闺意献张水部》这个标题之时，是不是大倒胃口？原来朱诗人的这首诗是在临考前献给主考官张籍的一首意在取媚的诗。那位娇滴滴地向夫君唱个喏"郎君，你看奴家的眉眼描画得可是符合时尚"的新嫁娘竟是朱诗人的"夫子"自况了。

无独有偶，这位在朱诗人眼中高高在上的张主考官也有类似的一首《节妇吟》："君知妾有夫，赠妾双明珠。感君缠绵意，系在红罗襦。妾家高楼连苑起，良人执戟明光里。知君用心如日月，事夫誓拟同生死。还君明珠双泪垂，恨不相逢未嫁时。"这首诗用现代的话说是：您明知道我有了丈夫，却还要赠我华美的珠玉，我对您的心意非常感激，但是我与丈夫曾经发誓生死与共，我只好把珠玉归还给您，遗憾自己在没有出嫁的时候就遇到您。坦率地说，当初，我没有读到全诗，而读到"恨不相逢未嫁时"这一句，内心是非常震撼的，我被这位女性的缠绵悱恻感动。初读张籍的全诗，我惊诧于张籍对女性坚贞情感的描写之细腻。但是当我从资料中了解到，这位"妾"是诗人的自比时，心中竟有点怪怪的感觉了。这位朱庆馀心目中的伟大"夫婿"，却在另一个有权有势的达官贵人面前自称"妾"——一位泪眼婆娑、楚楚可怜的小女子，真是匪夷所思啊！

突然明白了，中国古代的诗人对"宫怨""闺怨"之类的诗为何情有独钟，为何能把这类诗写得如此真切感人，因为他们与那些怨郁的女子具有同样的遭遇，同样的情怀，中国的文人骨子里有着奴颜卑膝的怨妇情结，这种情结自屈原始，到曹丕，经久不衰。

古人说："女为悦己者容，士为知己者死。良禽择木而栖，猛兽择穴而居。”中国古代的文人与妇女一样，从来没有获得过独立的人格，始终是权贵的附庸，他们的生与死，喜与悲，升与降，浮与沉，都没掌握在自己的手中。于是，中国文人具有依附性和软骨症。即使如高歌“安能摧眉折腰事权贵，使我不得开心颜”的李白，也还是向权贵韩朝宗写过“而君侯何惜阶前盈尺之地，不使白扬眉吐气，激昂青云耶”这样类似求乞的话语。

可是对于东坡，我总觉得用“似求乞”的字眼过于重了，只是，年纪已经日益陡增的他，觉得自己壮年已经近于暮春，好景不再。有这样的自我感伤，忧伤而不怨，或许，这是他的闺怨诗和其他诗人的不同之处。

明于此，中国文人的闺怨诗则大致都可以解。

休言万事转头空，未转头时皆梦

西江月·平山堂

三过平山堂下，半生弹指声中。
十年不见老仙翁。壁上龙蛇飞动。
欲吊文章太守，仍歌杨柳春风。
休言万事转头空，未转头时皆梦。

“休言万事转头空，未转头时皆梦”，这一句，读来是那样萧瑟，然而，有太多的人喜爱。或者，这种“未转头时皆梦”，就是人生某种不易推脱的悲凉吧。

东坡的这首词，作于宋神宗元丰二年（1079年）四月，自徐州调知湖州，生平第三次经过平山堂的时候。这时距他和其恩师欧阳修最后一次见面，九年已经过去了，而欧阳修也已逝世七年。

此时的东坡，适逢自己政治处境最艰难的时期，故地重游，怀想起往日顺境里的时光，自然会有抚今追昔的万千感慨。

有人说，人生如梦。在梦里，一切都不必认真，不必去刻意思考。

这种对人生整体的淡漠感，这种带某种禅意玄思的人生偶然的感喟，其中深深地隐含着某种要求彻底解脱的出世意念。

一个人在对这世界失望到不愿意去认识它时，更愿意把它看作是一个幻象的存在，而转向自己的内心，寻求超越和解脱。一方面，人想出世，一方面，终究还放不下这花花世界，否则，为什么那些甩着拂尘飘飘然的道士还要拼死去炼那长生不老药呢?

苏东坡在人生失意的时候，一度把目光投到宗教上来以寻找安慰。他曾经说：“未有天君不严而能圆通觉悟者。”是的，无论一个人想得到怎样的释然，都需要先把自己的心静下来。在黄州的那一段日子里，东坡开始认真地钻研起佛道的学问，这以后的作品里，便多多少少地染上了宗教思想的色彩。

与其说东坡对宗教感兴趣，倒不如说他对灵魂的奥秘有着强烈的探求渴望。有时，当夜深人静的时候，他会问自己，怎么样可以让心灵达到真正的平和呢?怎样可以长寿呢?

是的，东坡也有着想长寿的渴望，或许他是对生活太过于热爱了，不愿还有好多心愿没能完成，就这样早早地离开这个世界。

东坡确实对长生之术十分着迷。但是，我们知道，正如没有永动机一样，任何人也不可能是长生的。

有人说，人的肉体身躯的不朽应该和精神的不朽完全分开。因为身体只不过是一副皮囊，而精神如果经过了适当的修炼，总有一天会抛下这副肮脏的皮囊飞到更高的精神世界里去。

其实长生本无法，有的，也只是寻求相对长寿罢了。所谓长寿的方法，包括很多方面，比如，可以注意饮食，可以加强锻炼，甚至可以仅仅让心情保持开朗。

练瑜伽或许是一个调节身体，保持健康的好方法。然而，世界上的一切事物都是相对而言的。

苏东坡的弟弟子由练瑜伽术，据子由说，他是在宋神宗熙宁二年（1069年）从一个道士那里学的瑜伽术。

那个道士给苏东坡的次子看病，方法很无厘头，竟然是“吹神入腹”。子由到淮扬送兄长东坡到黄州时，苏东坡发现弟弟有点精神焕发的意思，觉得很是意外。因为子由在童年时身体就弱，夏天肠胃消化不好，秋天咳嗽，吃药不见效。

“为什么你现在看起来身体好多了呢？”东坡掩饰不住自己的好奇，问子由。子由告诉哥哥，现在他在练瑜伽术和定力，病都好了。

如果真是这样，那真的太奇妙了。苏东坡到了黄州后，曾在一座道观里闭关近五十天，从元丰三年冬至开始。在他写的《安国寺记》里可以看出，他大部分时间都练习打坐。他在道观深居不出则是练道家的绝食和气功，这种功夫其实是从印度佛教传入中国的，反倒在道家中发展得更高深。苏东坡同时给武昌太守写信，向他请教炼朱砂的方子。在他写的一首诗里，他说在临皋堂里已经辟室一间，设有炉火，以备炼丹之用。

林语堂先生说，瑜伽对身心调适的方法最适合中国文人，因瑜伽的精义是休息，是有计划的、自己感觉得到的休息。不但规定在固定时间停止呼吸，并且身体采取休息的姿势，还要消灭静坐在臂椅中时头脑里自然的活动。练习瑜伽全部的努力，可以用简单而非专门的术语描述为——在于努力少思索，以至一无所思。最后这无所思乃是最难做到的。最初是集中思想于一点，这已经够难，因为人的头脑习惯于从这个思想转到另一个相关的思想。使思想集中于一点还是最低阶段；再高一点儿，使专心于一点进而到一点皆无的沉思，最后达到恍惚出神的愉快境界。

苏东坡在描写自己的修炼时，发现瑜伽术有很多明确的特点。他控制呼吸，似乎脉搏跳动五次算呼吸的一周期。吸，停，呼的比是1∶2∶2。停止呼吸最长的时间是“闭一百二十次而开，盖已闹得二十余息也”。

每天夜里，东坡披衣起来，或是面向东方，或是面向南方，“盘足坐，叩齿三十六通。握固闭息，内观五脏，肺白肝青脾黄心赤肾黑。次想心为赤火，光明洞彻，入下丹田中。待腹满气极，则徐出气，候出息匀调，即以舌搅唇齿内外，漱炼津液，未得咽下，复作前法，闭息内观。纳心丹田，调息漱津，皆依前法。如此者三。津液满口，即低头咽下，以气送下丹田中。须用意精，猛令津与气谷谷然有声。径入丹田，又依前法为之。凡九闭息，三咽津而止。然后以左手热摩两脚心，及脐下腰脊间，皆令热彻。次以两手摩熨眼面耳项，皆令极热。仍按捏鼻梁左右五七下。梳头百余梳，散发卧，热寝至明”。

如此的烦琐，真是很佩服东坡，还有这样的闲情逸致来研究。

苏东坡直到他人生的末日，一直想求得“道士丹”，不过他对寻求长生不死之药，还没有入迷。所有的道家仙子都已死去，至少他们每个人都遗留一个皮囊，虽然还有学说认为他们的身体已经改变，无人在时，他们可以升天，或驾鹤而去，或自己变成鹤飞去，叫作“羽化”，所遗留的躯壳便与他们的仙体不相干了。遗留下的躯壳只看作如蝉或蛇脱下的皮，此种去世他们名之曰“蝉蜕”。

其实想要长寿，除了足够的休息，最主要的还是无忧无虑，避免心情上的紧张激动。换句话说，人只要遵从一般常理就好。苏东坡表现他那合乎情理的简单生活，只用下列他从古书上摘取下来的四条规则。有一张某人向他请求长寿良方，他就写出下列四句话：

一、无事以当贵。

二、早寝以当富。

三、安步以当车。

四、晚食以当肉。

说到底，东坡还是一个聪明人，他知道，再牛的成仙术，也比不过内心的知足与平安。

世事一场大梦，人生几度秋凉

西江月

世事一场大梦，人生几度秋凉。
夜来风叶已鸣廊，看取眉头鬓上。
酒贱常愁客少，月明多被云妨 。
中秋谁与共孤光，把盏凄然北望。

词，还有一个好听的名字，叫“诗余”，它和诗本来就是一家。只是，它的节奏变化更灵活，所以，渐渐地被人们青睐，直到宋代大放异彩。东坡的词，在我国词史上占有特殊的地位。他将北宋诗文革新运动的精神，扩大到词的领域，扫除了晚唐五代以来的传统词风，扩大了词的题材范围，丰富了词的意境，冲破了“诗庄词媚”的界限。

有人说，苏轼的豪放词有自己的一个特点，那便是“豪中见悲”。

听了这一比喻，不知为何，头脑中却浮现出垓下边，失利的项羽的身影，他重重地把剑插进江边的土里，单膝跪在地上，痛苦地低着头。

失意时的英雄，更有一种令人同情的悲壮。

其实，人们所同情的，并不仅仅是弱者，更多的时候，他们同情那些身负才华，却无处施展的英雄，尽管“同情”这个词被用在英雄身上，有那么一丝不大合适。

就在上面东坡的这一首《西江月》中，我们可读出那么一丝“豪中见悲”的味道来。

词起得突兀：“世事一场大梦。”世上的一切事情，如今看来只如一场大梦。人生有几度不如意的凄凉，无处诉说。

东坡觉得，平生报国无门，朝廷之中，能为自己说得上话的人，少之又少。

其实，事实也并不完全如此。

林语堂先生说，宋朝真的是很幸运的一个朝代，这不仅是出了那么一群中国文学史上赫赫有名的文人雅士，还有就是，能够接连有贤良淑德的皇后出现。这在历朝历代都是少见的，即便在那伟大的汉唐时期，几个皇帝的后妃也不外乎是在你争我夺的情形下将朝政弄得乌烟瘴气。在苏东坡时代，四个皇后当政，都做得很出色。也许，这就是女人性格温和雅静的缘故吧，因为听得进不同的言说，反而更容易分辨出是非来。

说来也颇有趣，苏东坡所生活的时期，他总会得到历任皇后的保护。曾经，在他遭受逮捕和审判时，是宋仁宗的皇后救了他。之后，又是宋英宗的皇后将他提升。甚至在他后来的人生里，如果不是宋神宗的皇后在代理朝廷的政事，东坡可能早就客死在蛮荒之地了。

在宋神宗皇帝最后那些年里，已经开始大大地简化政令了。但是还没有大刀阔斧地去改变。皇帝一去世，皇太后立即让司马光出来主事，将政令改头换面。

这一段时间是苏东坡的宦海生涯中难得的一段顺利阶段，在他到达京城的八个月里，竟然被接连提拔了三次。依据宋朝的设置，官位一共分为九级。就是在这短短的八个月里，东坡由第七级直线上升，经过了第六级，跳到第四级，最后止于第三级翰林，为皇帝草拟诏书。

这一年的东坡，四十九岁。

在东坡做翰林学士知制诰期间，他为皇帝草拟了有八百多道圣旨。这些文字，就像他以往的那些文章一样，无不铿锵有声，孔武有力。不但简练易懂，而且用字用句极为妥帖工巧。

东坡所代拟的圣旨，总会引经据典。在他去世之后，另一个姓洪的人接替了他的职位。这个人，就有点过于自负了，有一天，他踱着步子，走到当年伺候苏东坡的老仆人面前，问他："你看看，苏东坡和我比，哪个更厉害？"

老仆人抬头望望他，回答说："东坡大人写得并不见得比大人好，不过，东坡大人他写起东西来永远不用查书。"

饱满的穗子在阳光下，将头压得很低很低。空空的稻壳，稍有风吹来便被吹散，四处张扬。

对于这位才子，皇太后确实是非常照顾的，而且礼遇有加。这一天晚上，东坡正在一个小书房里坐着，他依然不喜欢那些整天嫉贤妒能的朝廷上的政客，觉得自己做这个职位实在不开心，这时的他，已经写了一个辞呈。

不久，皇太后就宣他进宫，帮皇上草拟诏书。那时，年轻的皇帝正坐在祖母身边。东坡毕恭毕敬地候在一旁，准备随时听记。

皇太后突然对东坡说："我有一件事，其实一直以来想问问你，几年前，你官居何职？"

东坡答道："常州团练副使。"

"那么，现在你又官居何职呢？"

"翰林学士。"

"知道为什么自己会升迁得这么快吗？"

"我想，应该都是太后您的恩典吧。"

"这与我没有什么关系。"

东坡有点被问蒙了，只好随便说说："那一定是皇上的恩典。"

"与皇上也无关。"

东坡真的有点不知道该怎么回答才好，又说："可能是有老臣推荐？"

"和他们更没有什么关系。"

东坡呆住了，这是怎么一回事？又想了想，难不成是皇太后怀疑我什么？呆了片刻，东坡说："我虽然没有什么本事，但是我也从来不会托关系走后门来谋取一官半职的。"

弯子绕了好大，皇太后最后才对东坡说："其实，这是我早就想对你说的。这是神宗皇帝的遗诏。先皇在世时，每次吃吃饭便放下筷子不动的时候，周围的人便都知道，他是又在看你写的东西了。他常常跟旁边的人说起你的天才，一直想着要好好地任用你，可惜，他的意愿还没能实现，便先走了。"

在这个世界上，下一秒发生的事，还真是让人难以预料。谁能想到，如果宋神宗还在的话，东坡便不会再被继续一路向南地流放。如果真是这样，我们今天也听不到那"黄州惠州儋州"的东坡的人生旅程了。

第二年，东坡除了任翰林学士之外，皇帝还让他做侍读。这时的皇帝，其实还不过是一个孩子，不过，有一句话叫作活到老，学到老。即便是成年人，也是需要时时听听智慧的教诲，补充头脑的能量的。

东坡把好久之前那个在京城的老房子卖掉，在东华门附近买了一所房子，因为从这里进宫上早朝，就方便得多了。

现在的东坡，和黄州的农家生活时期大不相同了。这一家子人，已经快有十五年没住在京城里，有一个例外，那便是东坡曾在京城的监狱里待过三个月……

在东坡的一生里，我看到了那悲喜交加的戏剧人生。

现在，我明白，上天并不是为了要戏弄一个人，才把他降到这个世界上的。它让人来到这个世界上，喜忧参半，关键，是看他自己怎样来做这部人生剧的导演。

休将白发唱黄鸡

浣溪沙·游蕲水清泉寺

山下兰芽短浸溪，松间沙路净无泥，萧萧暮雨子规啼。

谁道人生无再少，门前流水尚能西，休将白发唱黄鸡。

看到东坡的这首词，我以对豪放派诗人共性的联想，很容易地想到了李白的那首《行路难》其一：

金尊清酒斗十千，玉盘珍羞直万钱。
停杯投箸不能食，拔剑四顾心茫然。
欲渡黄河冰塞川，将登太行雪满山。
闲来垂钓碧溪上，忽复乘舟梦日边。
行路难，行路难，多歧路，今安在？
长风破浪会有时，直挂云帆济沧海！

诗仙不愧为诗仙，这首诗在题材、表现手法上都受鲍照《拟行路难》的影响，但却青出于蓝而胜于蓝。当太白的思路回到现实中来的时候，再一次感到人生道路的艰难。离筵上瞻望前程，只觉前路崎岖，歧途甚多，要走的路，究竟在哪里呢？这是感情在尖锐复杂的矛盾中再一次回旋。短短的篇幅，语言却跌宕纵横，颇具长篇诗的气势格局。它最吸引人之处就在于那百步九折地诉说着自己感情的激荡起伏、复杂变化，完全是急切不安状态下的内心独白，却又不失力量，仍对未来抱以无比的自信。

他那种积极入世的强烈要求，终于使他再次摆脱了歧路彷徨的苦闷，唱出了充满信心与展望的强音："长风破浪会有时，直挂云帆济沧海！"

东坡的这一首词，虽然不是太白的那种激情四射，可是，他那一句"门前流水尚能西，休将白发唱黄鸡"却已经让人精神一振。两个人，都是有着沧海一声笑一般故事的人，又都是独领那一代风骚的文人，二者的心境，当有某些相似之处吧。比如说，在低谷中，从容应对；在朝廷中，"安能摧眉折腰事权贵，使我不得开心颜"。

其实，在东坡生活的时代，那些朝廷上的小人向东坡发起的弹劾几乎从没有间断过，就在他们刚刚这样做时，东坡就已经十分厌恶那里了。他想离开，他不断地请求外调。

有一次，东坡在给皇帝的表章里说："君不密则失臣，臣不密则失身。事君之时，当以事国为先，欲事其国，则必保其身。"

这样的考虑，是颇值得那些一味愚忠的人借鉴一番的。

东坡被调任杭州太守时，就在起程的时刻，他那忘年交——已经八十三岁的文彦博赶来为他送行，不放心地叮嘱东坡："不要再写诗词了，你再写下去还不知道又要惹来什么样的麻烦。"

东坡此时已经坐在了马背上，他明白老人家的好意，还是笑着说："我如果写诗词的话，一定还有好多人在那排队等着给我作注呢，哈哈。"

这使我相信，只要拥有一颗强大的内心，没有什么可以打败东坡对生活的信心，对未来的热情。

和上面这首《浣溪沙》作于同一时期的，还有一首读起来更让人不亦快哉的词：

水调歌头·快哉亭作

落日绣帘卷，亭下水连空。知君为我，新作窗户湿青红。

长记平山堂上，欹枕江南烟雨，渺渺没孤鸿。

认得醉翁语，山色有无中。

一千顷，都镜净，倒碧峰。忽然浪起，掀舞一叶白头翁。

堪笑兰台公子，未解庄生天籁，刚道有雌雄。

一点浩然气，千里快哉风。

所谓借他人之酒杯，浇自己心中之块垒。东坡这一首词亦是如此。孟子当年那痛痛快快的"浩然之气"，是他纵横捭阖地舌战群儒的法宝。东坡所赞美表达的，正是一个文人在功名进退之间长久等待后所做出的抉择。与其因不被理解而黯然神伤，与其因不被任用而郁郁寡欢，还不如会一会老友，望一望这风景。

亭下江水与碧空相接、远处夕阳与亭台相映的幽美图景，一片广阔无际的境界，充满了苍茫阔远的情致。

一阵风，江面倏忽变化，涛澜汹涌，风云开阖，一个渔翁驾着一叶小舟，在狂风巨浪中掀舞。至此，东坡的描写奇峰突起，由静境忽变动境，从而自自然然地过渡到全词着意表现的重点—— 一位奋力搏击风涛的白发老翁。这个"白头翁"的形象，何尝不是东坡作夫子自道？

东坡由风波浪尖上弄舟的老人，自然引出他对战国时楚国兰台令宋玉所作《风赋》的议论。作者看来，宋玉将风分为"大王之雄风"和"庶人之雌风"是十分可笑的，是未解自然之理的生硬说教，"白头翁"搏击风浪的壮伟之举即是明证。其实，庄子所言天籁本身绝无贵贱之分，关键在于人的精神境界的高下。他以"一点浩然气，千里快哉风"这一豪气干云的惊世骇俗之语昭告世人：一个人只要具备了至大至刚的浩然之气，就能超凡脱俗，刚直不阿，坦然自适，任何境遇中，都能处之泰然，享受使人感到无穷快意的千里雄风。

奋力搏击风涛的白发老翁？好眼熟的一个形象，让我想一想，是的，那个叫海明威的硬汉，还有他那部同样硬汉的作品《老人与海》。

老渔夫圣地亚哥是海明威塑造的最后一位悲剧英雄，也是他一生塑造的硬汉品格的最后总结。贫穷而又不走运的老渔夫圣地亚哥的命运是悲哀的，或许看到最后的结果，你会说他失败了。可是，他却又是一个失败的英雄，“打不败的失败者”。海明威的硬汉品格像精灵一样铮铮依附在圣地亚哥这一人物形象之上，这便是海明威硬汉精神的象征。

圣地亚哥是一个“独自在湾流里的一只小船上捕鱼的老头儿”。生活和岁月给老人的折磨，令他“后颈上凝聚了深刻的皱纹，显得又瘦又憔悴”，“身上的每一部分都显得老迈”了，可是他的那双眼睛“跟海一样蓝，是愉快的，毫不沮丧的”。作品一开始时，老头儿倒霉得不得了，八十四天，整整八十四天，他连一条鱼都没有捕到，这对一个以捕鱼为生的渔夫来说，那真是再倒霉不过了。就连跟他在一起很长时间的一个孩子，也不得不在第四十天离开了他。

对于一个有着报国理想的文人，自己的意见不被采纳，而且被一贬再贬，不能不说也是一种倒霉不过了。

不过，东坡也和圣地亚哥一样，始终没有放弃。

圣地亚哥的悲剧超越了他的失败，升华了存在的意义，失败后的言语与行为又折射出海明威的人生观和行为准则。精神上的胜利给了这些失败者和其创造者做人的尊严和勇气，同时又以一副面具去掩盖内心深处的、具有浪漫主义色彩的懦弱和自然主义宿命论。

《海明威传》的作者库·辛格这样说：“海明威外表粗鲁健壮而又英勇，颇具男子气概，但在内心里，他有一种女人的直觉，善感、温情，很容易落泪。”而著名的海明威学者杰佛里·迈纳斯教授却很直接地指出：“海明威在外表上极力压制他性格上多愁善感的一面，装出一副男子豪放不羁的形象。”

这简直是一个东坡。

正是海明威本人的精心掩饰，使我们判断失误而在潜意识里对他的硬汉精神产生了公式化的认定。

老人处境的一步步恶化就是为了表现出海明威这一硬汉在“重压”之下所表现出的“优雅风度”。这样的重压之下，老人的失败才显得尤其悲壮。刚开始时，天天出海，但一连四十天没有捕到一条鱼，这种失败就糟糕透顶了，后来小孩儿马洛林的离去更让老人的处境显得黯淡凄凉，最后的遭遇更让人感到凄惨，然而就是这种“从失败仍然是到失败”的境况，圣地亚哥完美地体现了海明威的硬汉性格：当他的大鱼被鲨鱼吃得仅剩下一副骨骼时，他自问：“可是，是什么把你打败的呢？……什么也不是……是我走得太远啦。”老人勇敢地承认了自己的失败，却又绝对相信自我的力量。相信他纵然是失败依然勇敢无比，相信在精神上并没有败给鲨鱼，因为被消灭的是鱼，而不是自己。

于是，他相信现在只要把船尽可能好好地、灵巧地开往自己的港口，这便是自己的胜利。

当战斗已成往事，辉煌也已逝去，圣地亚哥是那么安详平静地完成剩余的工作，绝好地体现了“重压下的优雅风度”。如果说人生是个竞技场，自然便是人生的大背景。而此刻的圣地亚哥却已完全超越了这个自然，超越了他人生中的磨难、辉煌、成功抑或是失败。

东坡，渐渐地，早已经完成了圣地亚哥这种历程，他超越了自己人生中的磨难，辉煌，成功和失败。

没有什么外在的事物，可以打败他的内心了吧？

我记得，《老人与海》里还有这样的一句话：“一个人并不是生来就要被打败的，人可以被毁灭，但却不能被打败。”

也无风雨也无晴

下午看了余秋雨先生的那本《文明的碎片》，巧合的是，这里恰恰有一篇关于苏东坡的文章。写那篇文章时的他，正住在远离闹市的半山居所里，“安静是有了，但寂寞也来了，有时还来得很凶猛，特别在深更半夜。只得独个儿在屋子里转着圈，拉下窗帘，隔开窗外壁立的悬崖和翻卷的海潮，眼睛时不时地瞟着床边那乳白色的电话”。

有一天，这安静许久的电话竟响了，他急忙冲过去，是一位不相识的女记者的采访电话，她最后一个问题问的是：“在中国文化史上，您最喜欢哪一位文学家？”余秋雨回答：“苏东坡。”

她又问：“他的作品中，您最喜欢哪几篇？”余回答：“在黄州写赤壁的那几篇。”女记者几乎没有停顿就接口道：“您是说《念奴娇·赤壁怀古》和前、后《赤壁赋》？”余说对，心里立即为苏东坡高兴。

“他的作品是中国文人的通用电码，一点就着，哪怕是半山深夜、海峡阻隔、素昧平生”。

诚然，东坡的词，是到了黄州之后才真正成熟与丰满起来的。

杜少陵说：“文章憎命达。”官场上的失意，造就了苏轼人格上的成熟和文学上的造诣。

东坡政治上的不如意，于他来说，或许不是一件乐事，然而，于中国的文学，却是一件大幸事。

豪放而多情的东坡，虽然他的“大江东去”“十年生死两茫茫”已是脍炙人口的名作，即便小学生也能口口相传，但我更喜欢他的《定风波》。

东坡的这首词作于被贬谪黄州后的第三年。刚遭遇了“乌台诗案”的他，显然懂得了一个人的生命在扭曲的舆论挤压下，是十分渺小的，有的时候人在被诬陷中，百口莫辩。

随着风月的推移，经历了重重世事变故，我也越来越喜欢这首词。它伴随我走过漫长而艰难的人生道路，也扶持我度过也有风雨也有晴的青春岁月。多少年匆匆地过去了，在没有白日里的纷纷扰扰，半夜静思的时候，我也还不时地记起它。容许我再次把它誊录。

莫听穿林打叶声，
何妨吟啸且徐行。
竹杖芒鞋轻胜马，
谁怕？
一蓑烟雨任平生。

料峭春风吹酒醒，
微冷，
山头斜照却相迎。
回首向来潇洒处，
归去，
也无风雨也无晴。

想象一下，在某个阳光明媚的日子，东坡和几个朋友一起外出，边走路边聊天到兴头上时，天有不测风云，下起了大雨，同行的人都抱怨连连，怪天公不作美，游玩的兴致被这一场突如其来的雨全浇败，可是有一人却与众不同。别人都在奔跑找避雨的地方，而他却听着雨打竹叶声，哼着小曲，慢慢地走着。同行的人一定都笑他疯癫。

然而，“世人笑我忒疯癫，我笑世人看不穿”，这是东坡一贯与众不同的智慧，这智慧里，嵌着“一蓑烟雨任平生”的洒脱和豪迈。

《圣经》中说，喜乐的心，乃是良药；忧伤的灵，使骨枯干。

这是智者的话语。有能力从痛苦中抽离出来的人，是最坚强的，或许，这样的人不少。而不但可以自己从痛苦中抽离出来，还可以超然物外的人，少之又少，东坡，就是这样一位达观的居士。

词往往可以联想多义，也无妨以意逆志。这一首酣畅淋漓的词，短短的几十字，竟在悄然无声中给人以一种恬淡无争、怡然自得的慰藉。人生中有过风风雨雨，如晦如磐的日子，也有过春风得意，踌躇满志的时刻。

不论怎样，一旦料峭春风吹醒了昏昏沉沉的人，使他感到了一阵微微的冷意，或许打一寒噤，可是人却清爽了。那时，既厌烦去听嚣杂的打叶声，也已视肥马若敝屣。不如去过“一蓑烟雨任平生”那样的潇洒生活，以求回归自我。什么风雨，什么晴空，似乎都已虚无缥缈，只剩下迎面的夕阳斜照，辉映着一位蓑翁，竹杖芒鞋，吟啸徐行。人生果能如此，夫复何求！

在经历了仕途的坎坷和官场的黑暗后，这个曾经以诗作唱和为生活主要内容的诗人，逐渐感到了人情的冷暖，世态的炎凉。那“也无风雨也无晴”，是怎样地看透了世事无常后，从落寞中诞生出的强大心灵。

这首词曾给过多少人恍然一梦似的解脱，使他们，无论在明枪暗箭、辱骂诬蔑的风雨中，遭受天磨和人忌；还是在几度闪光的晴朗时，傲啸顾盼，总会因这首词的内涵，遇变不惊，泰然自处。

“也无风雨也无晴”，这境界曾使多少人为之心醉。

东坡的词，总能给人一种淡泊宁静的情趣而使人回归到依然故我的纯真境界。这里，我想到宋代另一位词人朱敦儒的《鹧鸪天·西都作》：“我是清都山水郎，天教分付与疏狂。曾批给雨支风券，累上留云借月章。诗万首，酒千觞。几曾著眼看侯王？玉楼金阙慵归去，且插梅花醉洛阳。”还有太白的那一句“安能摧眉折腰事权贵，使我不得开心颜”，这一份疏狂与任性，比之东坡，恐怕过于用力。东坡以他四两拨千斤似的轻轻点拨，便在无声的恬静之中胜过有声的呐喊和呼号。

纵然世态冷暖炎凉，可那只不过是一时的风雨与晴空；归根结底，人生总还要回归到依然风月的本真去。看开的人，会拂掉风雨的纷扰和晴空的照耀，过着“也无风雨也无晴”的日子，平平淡淡，依然故我地笑对人生。

好风景处处都在，只不过人心劳碌，失去了心境。再美的良辰好景也是草草入眼，转瞬即逝。

雨滴打在竹叶上发出响声，你不要感到扫兴。如果你把它当成美妙的音乐来欣赏，就不妨“吟啸且徐行”吧。对客观事物不要太在意，不妨去欣赏它。人们都说，生活不缺少美，而是缺少发现。人们常常都为外界的各种不顺心的事烦恼，整天抱怨老天不公，可是这解决不了什么，徒增烦扰。不妨去学着欣赏，不妨想想此时的东坡，大不了就像看一幕悲剧一样，其实悲剧的人生才有价值。

燕子轻盈，才能敏捷地飞到堂前屋后；风筝轻盈，才能自由地飞向高高的蓝天；人只有不被声名荣誉累，才能领悟人生真谛。

江山依然风月，人生依然故我。

高情已逐晓云空

西江月·梅花

玉骨那愁瘴雾，冰姿自有仙风。
海仙时遣探芳丛，倒挂绿毛么凤。
素面翻嫌粉涴，洗妆不褪唇红。
高情已逐晓云空，不与梨花同梦。

东坡的一生中，有几位红颜与他生死相交：心底的那个久恋未忘的堂妹小二娘；心有灵犀一点通的元配王弗；还有贤淑端庄的续弦闰之；最后一位，是暮雨倍思的爱妾朝云。在这几个人中，无疑只有朝云才是苏轼灵魂的真正伴侣。

就在那一年，苏东坡被贬为杭州通判，有一天，宴饮时看到了轻盈曼舞的王朝云，极为宠爱，纳她为妾，此时的苏东坡已经四十岁了。王朝云天性聪敏，善解人意，打她进入苏家，便觉得苏东坡虽然学富五车，但和蔼可亲。基于此，王朝云对苏东坡的照料特别细心。当时的苏东坡对王朝云的爱护就像对自己的孩子一样，教她读书识字，教她弹琴吟诗。自从王朝云进入苏家，苏东坡的心情比起以往似乎舒畅了许多。

王朝云是杭州姑娘，她所生的婴儿夭折之后，苏东坡在第一次被放逐北归的行程中，真是黯然神伤。从那时起，朝云就一直和苏东坡生活在一起，现在又随同他被放逐出来。秦观赠她的诗说她美如春园，目似晨曦。

她到惠州时还年轻，才三十一岁。苏东坡那时五十七，虽然二人年龄不同，而情爱无殊。朝云聪明愉快，活泼有生气。

苏东坡一生的几个女人之中，朝云最称知己。苏东坡是一位性情豪放的人，在诗词中畅论自己的政见，得罪了当朝权贵，几度遭贬。一次，苏东坡退朝回家，指着自己的腹部问侍妾："你们有谁知道我这里面有些什么？"有人回答："文章。"有人回答："见识。"苏东坡摇摇头，王朝云笑道："您肚子里都是不合时宜。"苏东坡闻言赞道："知我者，唯有朝云也。"

她爱慕苏东坡这个诗人，自己也很向往他那等精神境界。苏东坡对朝云在他老年随同他颠沛流离十分感激，不但把感激之情记之以文字，并且写诗赞美她，这些诗使他们的热情化为共同追寻仙道生活的感情。

一个男人的生命里，哪怕有一个红颜知己出现，这一生，都是幸福的。有人这样来做比较：当你卧病在床与痛苦激战的时候，拉着你的手慌张无措泪流满面的那个人必是老婆。她怕你痛，怕你死，恨不得替你痛，替你死。她哭哭啼啼，痴痴缠缠，让你感动，让你心灵难安。而红颜知己不哭，她只是站在床头，静静地凝望着你，阅读你的心灵，然后用她的口她的眼她的心告诉你她知道你痛在何处，她理解你，愿为你默默分担，让你灵魂不再孤寂，令你欣慰。由此可见二者的本质区别了：哭，是因为爱你；不哭，是因为懂你。

朝云对于东坡的意义，则是将二者合而为一。

一个男人，假如生命中有一个既刻骨铭心爱你的女人，又是一个心有灵犀懂你的女人，夫复何求？

苏东坡在惠州的生活，更是和朝云的爱情相关联的。眼看东坡无东山再起的希望，苏轼身边的侍儿姬妾都相继离去，只有朝云始终如一，追随苏东坡，长途跋涉，翻山越岭到了惠州。苏轼十分感动，刚到惠州不久，就为朝云赋诗一首：

不似杨枝别乐天，恰如通德伴伶玄；

阿奴络秀不同老，天女维摩总解禅。
经卷药炉新活计，舞衫歌扇旧因缘；
丹成逐我三山去，不作巫阳云雨仙。

这首诗还有这样一个序言：“予家有数妾，四五年相继辞去，独朝云者随予南迁。因读乐天集，戏作此诗。”

忆当年，白居易年老体衰时，深受其宠的美妾樊素便溜走了，白居易愤而诗曰“春随樊子一时归”。朝云与樊素同为舞伎出身，然而性情迥异。

那一刻，或许是年迈的东坡觉得最为幸福的时候。朝云的坚贞相随让他倍觉安慰。

北宋绍圣三年（1096年）七月五日，这一天，对于苏东坡来说，或许是生命中最最痛苦的一天，因为就在这一天，朝云得了一种瘟疫，竟然不治身亡。

东坡的朝云，这时才仅仅三十四岁……

三十四岁，是一个什么概念？对于东坡来说，生命中的妻子一个个先后离他而去，“十年生死两茫茫”一曲唱罢，已经苦断不知多少人肠，梦中的相见，在醒来后，空留一缕恍惚，和一颗空落落的心。呆呆地、久久地坐在床上，不知今昔是何年。这是怎样的苦痛？

有人说，之所以不愿醒，是因为没有勇气去面对那新的一天；之所以不愿睡去，是因为没有勇气结束这一天。

一个六旬老人此时的心，早已经不起这反复的折磨。

生前，东坡和朝云虽然两个人的年龄相差二十六岁，但爱情没有年龄的分界。火热的激情，将一对才子佳人紧紧地凝聚在一起：一个学富五车，一个敏而好义；一个胸怀坦荡，一个柔情似水……

如今，这位最最被称为红颜知己的人儿，也离他而去，空留一间空荡荡的房子。

这时的东坡，头上已经露出了丝丝白发，岁月不饶人。岁月加给他的，是一双已经露出浑浊的眸子和一脸忧郁的神情。

朝云留给东坡的，也是心中的一个洞，一个天旋地转的人世间。

东坡的心，就这样空了。

谁说只有美人迟暮，英雄的黄昏，更令人感到一丝丝苍茫的凄凉忧伤。

没过几年，苏东坡也去世了，他在白鹤峰的住所，后人辟为“朝云堂”。现在，在惠州还有一则关于朝云的古老传说，甚是动人：朝云仙逝以后好长一段时间，人们经常会见到一个身穿长裙、手抱琵琶的美丽女子在墓地松林下徘徊，时而翩翩起舞，时而用纤纤十指弹奏琵琶。那萧瑟凄婉的琵琶声如怨如慕、如泣如诉，令人听之肝肠寸断、暗自凄然。因此，人们又把朝云墓叫作还魂地，六如亭又名还魂亭。

无限春风来海上

十五六岁的时候，父亲由于工作的原因需要出差去海南，顺便把我也带上，出去开开眼界。记得很清晰，那一年是初春时踏上的旅程，北方依旧春寒料峭，而南方已经青葱一片，从北向南，俨然过了四季一般。海南的风光，对于一直生长在北方的我来说，是如此陌生，又充满好奇。温暖而潮湿的气候，阳光明媚的沙滩，还有甘甜的椰汁，从未与大海如此亲近，水色的魅惑，令人流连忘返。

那一次的旅行深深地印在了我的脑中，关于海南的印象，从此，如风，起于青萍。

在词史上，第一首写海南之春的词是东坡所作。

减字木兰花·立春

春牛春杖，无限春风来海上。便与春工，染得桃红似肉红。

春幡春胜，一阵春风吹酒醒。不似天涯，卷起杨花似雪花。

这是东坡被贬到海南之后，于立春日写下的一首词。写得欢欢喜喜，春意盎然。春天的田野里，耕牛遍地走，和煦的春风从海上吹来，清清爽爽；桃花在海风中红极，杨花漫卷如雪，迎春的仪式开始了，农人们正在播种希望。

性好饮酒的东坡这时自己也喝得晕乎乎的，春风总算吹散了醉意，才意识到自己现在身在海南，可是，这里丝毫不像人们所说的那凄凉的“天涯”呢……

人们都说，东坡向来会苦中作乐，我相信。因为我不相信近一千年前的海南……

今天的海南几乎是人人喜爱的旅游胜地，由于气候宜人，四季如春，引得人们纷纷前去置房，只待冬季像候鸟一样前去避寒。以至那神奇的岛屿上，房价与物价齐齐高飞，可是，人们仍乐此不疲地奔过去，在沙滩上挤成鱼干状，只为享受一点儿碧海蓝天。

近一千年前的海南，才没这么风光。它是个令人闻之而绝望恐惧的地方，被定罪的人，宁愿坐牢、砍头都不想被发配到那里。路途遥远，气候炎热，水土不服，瘟疫盛行，缺医少药，野蛮的土人，无数毒虫怪兽……谁会想到，它也有美丽的春天？

与秦时的焚书坑儒与明清的文字狱比起来，宋朝有一点最为值得后世称道，那便是不得杀士大夫，再如何，上谏也不至于有生命危险。对于触犯了龙颜和在政治角斗中失败了的臣子们，朝廷最常用的惩罚方法只是贬谪。让你远离中原的繁华富庶，到穷乡僻壤反省去，罪行越大，去的地方越远越荒僻。一般的，到湖北湖南。“湖广熟，天下足”，那是到明朝的事儿，北宋时的两湖地区，在人们心中，就是个乡下。脚步再往南，到了岭南，就是蛮夷了，养尊处优的官员们，听说被贬到这里，再铁石心肠，也不得不跟家人痛哭诀别——再不哭就来不及了，跟判了死刑没两样。最后就是海南，真真实实的天涯海角，大宋朝悬在海外最荒蛮的领土，能被撵到那里去的人，少之又少，得硬生生拔了多少根龙须，揭多少片龙鳞，得罪了多少权贵，才能获此殊荣啊！

这一回，大家都说，苏东坡他死定了，一把老骨头，要丢在瘴雨蛮烟、海角天涯的腥风里了。

因缘际会，东坡来了。东坡到海南，总让我想起古罗马时恺撒大帝的那一句：“我来，我看，我征服。”他征服的，是那蛮夷土地上的荒凉生活，征服的，更是自己的内心。

我来，我看，我征服，流淌在纸上，便又是那一首首脍炙人口的佳作。他写下了，海南的风，海南的桃花，海南的春耕——虽然不是自己情愿来的，只是，倒了霉，不得已，与其愁眉苦脸地过一天，何不快快乐乐地度过这同样的日子呢？

又一次的无心插柳，总觉得世事有时是如此的奇妙，仿佛是冥冥之中有着什么力量，人越不想做什么，却总是事与愿违。而一旦这事情发生，又会觉得，其实也并没有那么糟糕。

东坡，一个与世无争的人，在这近于与世隔绝的荒岛上，有一天，他被命运催着走进春日的阳光，命运指示给他看：一切还好。东坡发现，无论他想做怎样的抗争，终究人定胜不过天，迁就生命，试图淡化这不如意的命运，最终，走回自己宁静的内心世界，这，才是正解。

这一次的贬谪，年迈的东坡想象着，或许，是最遥远的一次，或许，是最后一次……

黄州、惠州、儋州，走过这些地方，无论是怎样的原因，也算心无遗憾，自得圆满了吧？

很多时候，我们需要给自己的生命留下一点儿空隙，就像两车之间的安全距离。一点儿缓冲的余地，可以随时调整自己。生活的空间，需借清理挪减而留出；心灵的空间，则经思考顿悟而扩展。有时这空间，是自己刻意争取的，有时这空间，似乎是上天安排的。

海南人民很是淳朴，他们并不以身份而划分三六九等地来看人。有着朴素心灵的人，只要你和他有了真情实意的沟通，相处起来，其乐融融。

关于东坡的平生事迹，远在天涯，他们也早已略知一二。他们喜欢东坡其实原因是很多的，但最关键的一点，就是东坡先生比起其他的被贬谪到这里的“大人”，为人更好玩，个性更平民化，在文化与生活上跟本地人的互动也更多……

东坡一定是一个情商很高的人，他是如此被众人喜爱，而且他到了哪里，就把自己当哪里人。他对他处的这个地方充满感情，他是这样坦荡荡，竟然把流放地当成家乡一样去接受，所以，这个本该生命中充满失落的，危机四伏与恶意的地方，也温情地接受了他，并且庇护了他。

一个人快乐，不是因为他拥有得多，而是他计较得少。多是负担，是另一种失去；少非不足，是另一种有余；舍弃也不一定是失去，而是另一种更宽阔的拥有。

美好的生活应该是时时拥有一颗轻松自在的心，不管外界如何变化，自己都能有一片清静的天地。清静不在热闹繁杂中，更不在一颗所求太多的心中，放下挂碍，开阔心胸，心里自然清静无忧。

东坡一定深知这一点，喜悦能让心灵保持明亮，并且拥有一种永恒的宁静。心念意境如能清明开朗，则展现于周遭的环境，都是美好而善良的。“莫听穿林打叶声，何妨吟啸且徐行”，就是这样的智慧与心境，使东坡一次次地逢凶化吉。

经历了世事变迁的东坡，现在已经年过花甲。他的才情，可以说像耀眼的光芒，可是它不会转瞬即逝。他的性情，可以说像水一样，如今变得温和而柔韧，虽然像水，却不会干涸。老子说：“上善若水，水善利万物而不争。”

如东坡者，最高境界的善行就像水的品性一样，泽被万物而不争名利。那些时光随着岁月的流逝，或许会渐行渐远而被人淡忘，但那一份悠远的情怀，却从未因此而失落。

占得人间一味愚

有许多事情想说但又不能说，不能说的理由只有一个，说了可能会得罪人，即便往往说者无心，而听者有意，也是一件让人很是吃不消的事情。在风雨如晦、动辄得咎的境遇里，更是常常祸从口出，已经远在惠州的东坡，只因那一句“报道先生春睡美，道人轻打五更钟”，而让小人们颇觉不快，他们恨恨地想，苏轼怎么还可以如此快乐！

于是，东坡虽在惠州“已买白鹤峰，规作终老计”， 绍圣四年（1097年）四月，这位已经六十多岁的老人也不得不再一次被贬，远至一衣带水的儋州。

得罪人是一件很麻烦的事情，可是，并不愿理会那起起伏伏变化无常的命运时，意外的命运却总是会自己找来，让人避之不及。人性太善的，往往天真而无所顾忌，却也正因无所顾忌，而遭受一次次莫名的打击；而人性恶者，却总是无所顾忌，我行我素。

东坡本是一个性喜自由自在而思想又天马行空的人，喜欢做一个根本就不受各种情欲和思想束缚的人，但却在严峻的现实生活面前，一次次地被牵绊。

有人给已经白发苍苍的东坡占卜，说，儋字有人，子瞻无碍。

还好，东坡不愧为东坡，即便如此，他仍然安之若素地挺了过来。

绍圣五年，东坡在海南儋州度过了他的第一个春节。

也就在那一年上元灯节的时候，儋州的地方长官邀请了陪同父亲过海的苏过共度佳节。可是这个时候，与苏轼一生有缘的三位女子都已去世，此次渡海，只有儿子苏过陪伴。

现在，苏过也被邀过上元，只有东坡老人独自度过这个春节。本已经孤独寂寞的老人，这个上元节，对他来说显得更冷清。

他坐在床头，稍显混沌的双眼静静地凝视着天边那一轮孤月，月光照进屋子里来，他惊讶地发现竟然有一只蜥蜴盘在窗上："静看月窗盘蜥蜴"，这在岭北的中原地区是很少见到的现象，这使苏轼更为清醒地感觉到身在异乡，而且是万里之遥的海南。

东坡老人独坐凝视着盘窗的蜥蜴，心中想着什么呢？他也许又想起了那三位生命中出现过的女子，"不思量，自难忘"。他也许在盼望着惦记着儿子苏过早些回来，"灯花结尽吾犹梦，香篆消时汝欲归"。也许再一次在这个本应家人团聚的日子里想到了弟弟子由，"但愿人长久，千里共婵娟"。

寂寞在这个本是喜庆的夜晚，笼罩着他的心灵，他也许还想了许多，回忆着他浮浮沉沉漂泊的一生："搔首凄凉十年事……"

时光荏苒，一晃，东坡在海南的第二个春节也到来了，在天涯海角度过了多少个日子，乍一想时似乎已记不清，可是，眼前的一切又似乎依然历历在目。五个月之后，东坡终于得以返回大陆来，可是这时的他，再也没有年轻时那样旺盛的精力了。被贬谪海南是苏轼第一次远离生他养他的大陆，然而在落叶归根的年纪得以回归本土，东坡快乐的心情可想而知，虽然，这快乐里掺杂着复杂的情愫。

"九死南荒吾不恨，兹游奇绝冠平生。"

六十多岁的老人被贬谪海南蛮荒之地居然能够生还，这不能不说是个奇迹。在东坡返归北上的沿路，竟然出现了万人空巷的奇观："斫得龙光竹两竿，持归岭北万人看。"

东坡也不无自豪地说："问翁大庾岭头住，曾见南迁几个回。"

这心态，不得不让人钦佩。东坡以内心的调理为养生之道，在儋州三年的他，"独喜为诗，精深华妙，不见老人衰惫之气"。东坡在作诗中自我调节，尤其是和陶诗，质朴中含华彩，枯淡中却也有神韵，写山写水写世情世理，依然优雅而有情趣。

“江海所以能为百谷王者，以其善下之”。

这是一种大智慧，把自己放得很低很低，处世宠辱不惊，闲看庭前花开花落，坐观天外云卷云舒。然而，虽然放低自己，却不会让自己媚骨事权贵，只与百姓声息相通。东坡曾说自己的文章“吾文如万斛泉源，不择地皆可出。在平地，滔滔汩汩，虽一日千里无难。及其与山石曲折，随物赋形，而不可知也。所可知者，常行于所当行，常止于不可不止，如是而已矣”。虽然东坡说的是他的文，可是，我总觉得，这更近于他人生的写照。水一样的天性，随物赋形，无论身居何处，总会当行且行，当止且止。

东坡有一首词，是他的自述：

南乡子·自述

凉簟碧纱厨。一枕清风昼睡馀。睡听晚衙无一事，徐徐。读尽床头几卷书。

搔首赋归欤。自觉功名懒更疏。若问使君才与术，何如。占得人间一味愚。

簟席生凉，碧纱橱帐，白日里闲眠醒来，枕边轻风拂过。躺在床上听闻向晚的衙门里没什么公事，慢慢地，把床头的几卷书给看完了。

抓着脑袋吟诵起归隐的诗句来，自己感到对功名利禄已经没多少兴趣。假如有人问起我的能耐如何，只不过是一个愚字罢了。

一个“愚”字，包含了多少人生的悲欢离合，向往与无奈。智慧颇高，而不露锋芒；纵有英才，而不逐名利。

老子说：“大智若愚，大巧若拙，大音希声，大象无形。”东坡“占得人间一味愚”，这“愚”，实在是过谦，若再多说，只能说是东坡大智慧的表象罢了。读万卷书，行万里路，阅无数人，东坡一生，做得滴水不露。功名对于他来说已经是虚名，不如自由的生活更实在。

宋徽宗建中靖国元年（1101年）正月，苏轼度过了他平生的最后一个春节，当时他正在北归的路上。此时，东坡老人名满天下，不仅仅是诗名的传播，还有他的胸襟气度、做人的风范。

“竹中一滴曹溪水，涨起西江十八滩”，这是东坡在其人生最后一个春节所作的富于哲理禅思的诗句，似乎可以作为令后人永远玩味的遗言吧！

一沙一世界，一花一天堂。一滴水折射出的，也可以是整个世界。

看过这样一番很耐人寻味的话：

> 山羊说："我是哲学家。"
>
> 袋鼠说："我是拳王。"
>
> 斑马说："我是健康活泼的英国皇家水兵。"
>
> 狮子说："我是狮子！"

山羊、袋鼠、斑马的自我介绍，让人想起某些人的名片，前面的称谓比他们本人的名字要长几十倍。

狮子，不需要；

苏东坡，也不需要。

后　记

万丈豪情，烟雨抚平生，苏子，给你忘不掉的梦。

“大江东去”固然倾斜万丈豪情，而“一蓑烟雨任平生”“归去，也无风雨也无晴”的气魄更让人动容。

人生路充满坎坷，千回百转后，风雨沧桑又算得了什么？只不过是浅吟低唱的消逸，何须慨叹，面对所有都可以一笑而过。竹杖芒鞋一浮生，一袭蓑衣就能抵挡这人生的烟雨风尘。

在初晴后的山路上，回眸望一眼来时的泥泞路，心中无风无雨亦无阴晴。他就这样轻呼一词，抚慰了我们躁动的心。

本书在写作过程中，得到了多位朋友和老师的大力支持与帮助，在此一一向他们道谢，他们是王洋、刘丽娟、朱丹红、杜馨、杨帆、杨惠升、吉拥泽、王爽、张志强、刘海鸥、袁芳、刘兴亚、尤秀茹、李爽、王达。感谢各位不辞辛劳，利用业余时间协助创作，查阅资料，并给予指导。

千年风霜纵是无情，千年后的词与词人却更加生动，最后，愿文字里散发出沁人心脾的美丽，永不消弭。

漫漫诗词情系列

《李清照：风住尘香花已尽》

她用一生的爱与浮沉，浇灌了词的灵魂。那些只言片语，道破她的心绪，也染了千百年的愁。

定价：32.00 元

《李煜：愿时光清浅，许你春花秋月》

词中之帝李煜，史上最温情的皇帝。

定价：32.00 元

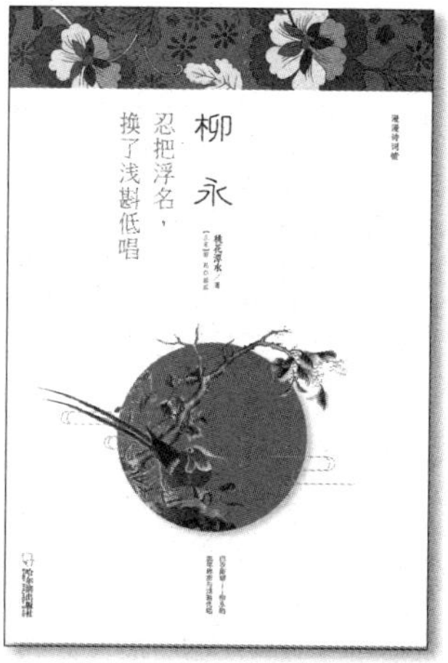

《柳永：忍把浮名，换了浅斟低唱》

白衣卿相——柳永的流年碎影与浅斟低唱。

定价：32.00 元

《苏轼：一点浩然气，千里快哉风》

旷世奇才，一个充满智慧的清朗词人。

定价：32.00 元

《辛弃疾：壮志未酬，刀锋难收》

金戈铁马中的英雄，诗词卷轴里的豪杰。

定价：32.00 元

漫漫诗词情系列

《白居易：一度思卿一怆然》

命运的洪流，只不过汹涌在人的心口。相信，一个虔诚的人心中，定是拥有一个宁静的世界。

定价：32.00 元

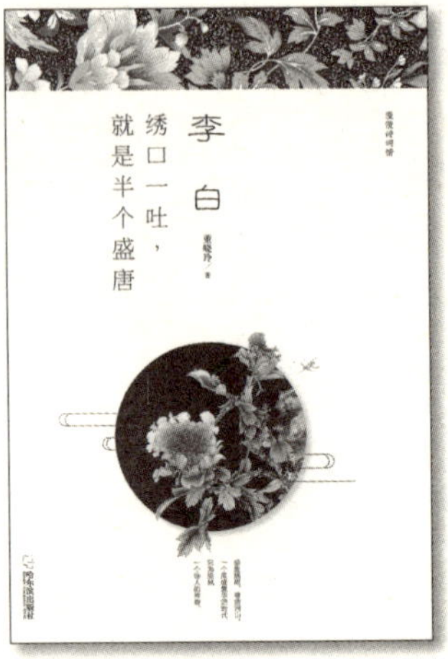

《李白：绣口一吐，就是半个盛唐》

盛唐烟雨，锦绣河山。一个荣盛繁华的时代，只为造就一个诗人的传奇。

定价：32.00 元

《李商隐：多情却被无情恼》

一段心碎的爱情，一种跌宕的人生。所有苦难，都在生命中敲击出最美的旋律。

定价：32.00 元

《王维：诗成山水画成情》

他从时光深处走来，守着一颗云水禅心，在大唐的风雨中，诗意地栖居。

定价：32.00 元

《元稹：道是风流最痴情》

每个人心中，都有一片叫作曾经的沧海。你可曾像这个痴情的才子一般，为爱沉沦。

定价：32.00 元

走近古典品人生系列

《万丈风尘，写我沧桑：豪放词人传》

在歌舞升平的北宋，苏轼的“大江东去”开启了豪放词的先河，于是，一个又一个才华横溢的词人放开了笔墨，在时代的洪流里掀起狂澜洪波，为大宋山河恣意涂抹狂放的颜色。

定价：29.80 元

《流年浅唱，人间低吟：婉约词人传》

若你未曾走近他们的人生，便很难将诗词读透。且跟随文字的指引，辗转漂泊命运的路口，当你真正见过那些急景流年里的寂寞哀愁，便更能领会烟波岁月中的缱绻温柔。

定价：29.80 元

《一个人，一座城，一生心疼：唐代才子诗传》

没有比李白更易醉的豪肠，没有比温庭筠更不羁的随性，纵使千年已逝，才子们依然以月光为樽，盛满一杯又一杯的飘逸与逍遥。

定价：29.80 元

《不倾城，不倾国，只倾我所有：宋代才子词传》

他们带着宋时的风雨款款走来，无论兴衰，兀自用诗词浅吟低诉着截然不同的词化人生。

定价：29.80 元

走近古典品人生系列

《我是人间惆怅客：词品纳兰心事》

历史的舞台上，换了一轮又一轮剧目。纵使他的故事，已成过往，我们却始终记得，当初，有他的繁华。

定价：28.00 元

《桃花幻境，隔世人生：五柳先生陶渊明诗话》

他赏菊、弹琴，风流儒雅；他作诗、饮酒，自在潇洒。他来自遥远的古代，却被无数后人膜拜。从未有人如他一般，勇敢地奔向自由。

定价：28.00 元

《我愿为你颠倒红尘：来自雪域的浪漫传奇》

那一世，转山转水转佛塔，不为修来生，只为，那曾在佛前哭泣的玫瑰。

定价：28.00 元

《借鬼说人事，借狐话人心：看纪晓岚谈情说爱》

以鬼狐的名义，讲述喧嚣尘世中的爱恨情仇。

定价：24.80 元

《缘来不喜，离去不伤：聊斋里的禁忌之爱》

写给男人看的妖狐，解给女人听的爱情。

定价：24.80 元

《笑里关情，欢中见爱：笑林广记中的浮世之恋》

阅遍《笑林广记》，方知浮生若戏。

定价：24.80 元